Edition Akzente
Herausgegeben von
Michael Krüger

Libuše Moníková
Prager Fenster

Essays

Carl Hanser Verlag

1 2 3 4 97 96 95 94

ISBN 3-446-17846-5

Umschlag: Nach einem Entwurf von Klaus Detjen
unter Verwendung einer Photographie von František Drtikol, 1912
Gesamtherstellung: Friedrich Pustet Regensburg
Printed in Germany

– Was stimmt Sie für Prag optimistisch? –
– Daß die Leute ihre Fenster putzen. Bei meinem letzten Besuch hatten alle Freunde blanke Fenster. Sie versicherten, das wäre nur ein Zufall. –

Inhalt

Kirschfeste

Über die Annexion Europas an Böhmen anläßlich des 50. Jahrestages des Münchner Abkommens

Bei meinem täglichen Blick auf die Karte verschiebe ich die Grenzen von Böhmen des öfteren, mal nach der historischen Vorlage von Großmähren, mal nach Shakespeare, der wußte: Böhmen liegt am Meer. Es wäre allemal sinnvoll, die Vorschläge der Dichter zu bedenken, statt die Teilung der Welt Politikern zu überlassen, die nicht lesen.

Arno Schmidt hat in seiner historischen Revue »Massenbach« die Vision eines Europas entworfen, dem, geeinigt durch Napoleon, eine demokratische Verfassung auf der Grundlage von Einheit, Gleichheit, Brüderlichkeit militärisch aufgeprägt worden wäre; der preußische Oberst Massenbach träumt dieses Europa am Vorabend der Allianz europäischer Staaten gegen Napoleon, mit Rußland und England an der Spitze.

Im ›Vorspiel‹ zu seiner Revue läßt Schmidt eine seiner Figuren die Einsicht äußern: »England gehört ja gar nicht zu Europa.«

Als 1938 der britische Premierminister Chamberlain im Zuge seiner Appeasement-Politik ein Drittel der Tschechoslowakei an Hitler ›abgetreten‹ hatte, erklärte er im britischen Rundfunk: »Wie schrecklich, phantastisch, unglaublich ist es, anzunehmen, daß wir hier Schützengräben graben und Gasmasken anprobieren sollen wegen des Streits in einem weit entfernten Land unter einem Volk, von dem wir nichts wissen.« (Rede vom 27.9. 1938)

Bei der Informierung der tschechoslowakischen Vertreter in München, die stundenlang auf das Ergebnis der Verhandlungen im Vorraum warten durften, gähnte er infolge der fortgeschrittenen Stunde unverhohlen.

England werde ich nicht in mein Böhmen aufnehmen.

Und Frankreich?

Auf die Frage der tschechoslowakischen Delegation, bis wann eine Antwort ihrer Regierung erwartet werde, erklärte die französische Seite in München, eine Antwort werde nicht erwartet, die Großmächte hielten ihre Beschlüsse über die Abtretung der geforderten Gebiete seitens der ČSR an Hitler für angenommen.

Frankreich hatte kein so leichtes Spiel in der »Krise« wie Großbritannien, es war durch einen zweifachen Vertrag mit der Tschechoslowakei, von 1923 und 1925, verpflichtet, seinem Verbündeten beizustehen.

Da es an einem Krieg ›wegen der böhmischen Deutschen‹ genauso wenig interessiert war wie England, ließ es die Regierung in Prag wissen, die Verantwortung für den Kriegsausbruch würde auf sie fallen, wenn sie den Forderungen Hitlers nicht nachgäbe; damit war der Vertrag mit der Tschechoslowakei gebrochen.

Daladiers Befürchtungen, die Franzosen würden ihn wegen des Verrats steinigen, haben sich nicht bewahrheitet; die Pariser haben ihm einen begeisterten Empfang bereitet, und er wurde wie Chamberlain, der aus München zugleich einen Friedenspakt mit Hitler nach London brachte, als Friedensstifter gefeiert. Der Vertrag zwischen Frankreich und Deutschland folgte ein paar Monate später, im Dezember 1938. Der Nichtangriffspakt zwischen Hitler und Stalin wurde erst am 23. August 1939 geschlossen.

Frankreich gehört also auch nicht zu meinem Böhmen? Wegen ihrer Revolution werde ich es mir noch überlegen.

Polen?

Unbedingt, sowieso, ja. – Jeszcze Polska nie zginieła! Ein tapferes Volk. Westslawen wie wir, reingelegt von den Russen mehrmals, okkupiert von den Deutschen, geradezu prädestiniert für ein Bündnis mit Böhmen.

Auch mit Mähren? Beim näheren Studium der Quellen erfahre ich erst jetzt – in der Schule blieb es uns erspart – wie vieles aus der eigenen Geschichte –, daß es Polen war, das der Tschechoslowakei in den Rücken fiel, als sie trotz des Verrats Frankreichs 1938 mobilisierte, um sich Hitlers Forderungen zu widersetzen. Wenn Deutschland tschechische Grenzgebiete ans III. Reich anschließen wollte wegen der deutschsprachigen Bevölkerung, hatte auch Polen Ansprüche; das Gebiet um Těšín in Nordmähren sollte unverzüglich an Polen abgetreten werden. Und da sich auch Ungarn sogleich besann, daß im ganzen Süden der Slowakei eigentlich Ungarisch gesprochen wird, war die Tschechoslowakei eingekesselt zwischen drei Nachbarn, die sich in bezug auf eine Korrektur ihrer Grenzen einig waren.

Daß Deutschland die territorialen Ansprüche des faschistischen Ungarns unterstützte, war kein Wunder. Daß Polen sich in Hitlers Schatten auf Kosten der Tschechoslowakei bereichern wollte und die Gunst der Stunde nutzte, trotz der bereits durchschlagenden Spannungen mit Deutschland wegen Danzig und des ›Korridors‹, gehört zu den bitteren Momenten in der Geschichte zweier Länder, die viel Gemeinsames haben. Polens Ultimatum trug wie der Verrat Frankreichs und Englands dazu bei, daß Hitler ohne Widerstand seine territoriale und wirtschaftliche Lage in Mitteleuropa in dem Maße festigen konnte, daß Deutschland ein Jahr später, bereichert um die gesamte Wirtschaft und das strategische Potential der Tschechoslowakei, seinen so lange angedrohten Krieg endlich anfangen konnte; Polen wurde das erste Opfer.

Bekannte Daten. Zumindest hoffe ich es. Vor kurzem fragte ich eine junge Französin, was sie vom Münchner Abkommen weiß. Sie wußte nichts, hatte nie davon gehört; promovierte Germanistin. Warum ich lieber hier als in Frankreich oder England lebe: vielleicht weil sich die Deutschen im allgemeinen mehr mit ihrer verlorenen Geschichte auseinandersetzen.

Polen kommt trotzdem in Frage; ich will in meinem Böhmen-Europa nicht allein bleiben.

Es sollte nicht unerwähnt bleiben, daß die Sowjetunion, obwohl ihrerseits an Frankreich gebunden, sich an ihr Abkommen mit der Tschechoslowakei weiterhin halten wollte und militärische Hilfe anbot; es scheiterte am Zögern der bürgerlichen tschechoslowakischen Regierung und an außenpolitischen Schwierigkeiten – Polen und Rumänien hätten ihre Zustimmung zum Durchzug sowjetischer Truppen geben müssen.

Die Annexion der Karpatenukraine durch die UdSSR nach dem Krieg wurde u. a. mit einem Hinweis auf 1938 gerechtfertigt; die kommunistischen Politiker in der tschechoslowakischen Regierung sprachen vom »Glück, eine direkte Grenze mit der Sowjetunion zu haben«. Welche Interessen auch im Spiel gewesen sein mochten, die Sowjetunion war das einzige Land, das zu diesem Zeitpunkt gegen Hitlers Aggression gemeinsam mit der Tschechoslowakei Widerstand leisten wollte.

Sie hätten '68 nie kommen dürfen. Wenn sie jemals erlöst werden, verdanken sie es ihrer Literatur.

Die Geschichte Europas ist eine Abfolge von Ungerechtigkeiten, Aggressionen, gegenseitiger Schuldzuweisung für Überfälle, Ausbeutung, Verrat, Unterdrückung.

Im Zuge des Hitlerischen Überfalls auf Polen besetzte die Sowjetunion ihrerseits polnische Ostgebiete, einen Teil Rumäniens, Finnlands, und annektierte Litauen, Lettland und Estland, fünf Jahre vor Jalta.

Wenn ich über Europa schreibe, beschreibe ich meine Ressentiments und ahne die der anderen.

England also nicht, und Frankreich hat sich auch nicht bewährt. Nicht in diesem Jahrhundert, wo sie 1938 in München zum letzten Mal eine autonome Entscheidung über sich und über Europa hatten, noch ohne Anweisungen und Interessen der Hegemonialmächte. Die Weichen für die Konferenz auf der Krim im Februar 1945 waren durch die Preisgabe eines mitteleuropäischen Landes, »das weit weg liegt und von dem wir nichts wissen«, 1938 gestellt. Vor Jalta war München.

Zurück zur Literatur.

Die Utopie eines vereinigten Europas unter Napoleon, wie der Obrist Massenbach sie sah, hat sich nicht erfüllt, wäre auch nicht unproblematisch gewesen.

Weitere Entwürfe Arno Schmidts weisen in die Zukunft. Das Reservat Tellingstedt in »Die Schule der Atheisten« atmet endzeitliche Geborgenheit aus: ein schmaler Streifen an der Eider als ein letzter bewohnter Winkel im verstrahlten Europa, ausgehalten von den USA, wo das Matriarchat herrscht. Die andere Hälfte der Welt haben die Chinesen übernommen, patriarchalisch. Der großzügige Mäzen muß immer von neuem vom kulturellen Nutzen des Reservats überzeugt werden. Mitten im 21. Jahrhundert säumen dementsprechend seltsame Relikte wie der »blinde Harfner« den Weg, und Jugend in nicht nachprüfbaren Trachten jubelt den US-Touristinnen zu – lauter Riesinnen, die öffentlich urinieren und sich von mitgebrachten parfümierten Männchen beschlafen lassen, mit einem frustrierten Blick nach den hinterwäldlerischen Europäern, ob sich in der zurückgebliebenen Rasse nicht doch etwas Potenteres fände. Ein Knecht bewährt sich und trägt so zur Rechtfertigung des Reservats bei. – Europa auf den Nenner gebracht.

Ein vergnügtes Lesen und eine bittere Idylle, wie sie Schmidt auch im Hominidenstreifen der »Gelehrtenrepublik« und anderswo entwirft: Europa hat aufgehört zu existieren, die Welt ist eingeteilt, die Großmächte bewachen einander mißtrauisch an den Randzonen ihrer Interessensphären, ein fortwirkendes Jalta im Jahre 2014.

Shakespeare verlegte Böhmen ans Meer, das ist der ältere Entwurf, und ich träume über der Karte und verschiebe die Grenzen. Soll Schweden dazugehören? Dann gleich ganz Skandinavien. Und weiter?

Polen, sicher. Und Jugoslawien im Süden. Österreich nehmen wir auch, schon wegen der Landschaft. Der provinzielle Antisemitismus wird noch ein Problem sein. Und Italien, natürlich, in seiner unvereinten Gestalt, als es in der Vielfalt seiner Stadtrepubliken die höchste Kultur hervorgebracht hat. Dann würde Böhmen gleich an zwei Meere grenzen. *Liegt Böhmen noch am Meer, glaub ich den Meeren wieder ...*

Und in diesem Korridor der Freiheit, der Ungebundenheit herrscht Vielsprachigkeit. Ursprünglich dachte ich ans Tschechische als Erste Sprache, aber ich lasse ihnen Zeit, Tschechisch hat sieben Fälle. Für den Rest Europas, an einfachere Grammatiken gewöhnt, zu schwierig.

Die Ungarn könnten es schneller lernen, aber die nehmen wir wahrscheinlich nicht, sie haben schon in der k. u. k. Monarchie gegen die Tschechen Politik gemacht, nicht erst unter Hitler. (Dabei kenne ich keinen unsympathischen Ungarn: noch einmal überprüfen!)

Bedenklich, daß das industriell am weitesten entwickelte Land in dem zurückgebliebenen k. u. k. Staatsgebilde nicht einmal im Namen vorkommt; die Tschechen machen sich bei mir verdächtig, dauerhafte Nieten zu sein.

Dabei haben sie auch einmal gekämpft. Und es wieder gelassen. Die Kirschfeste in Sachsen und Thüringen – Kamenz, Naumburg – gehen jeweils auf die Verschonung der Städte durch die Hussiten zurück. Es wird erzählt, daß ein paar Kinder mit Kirschzweigen vor dem Stadttor sie bewegen konnten, abzuziehen. Und die tschechischen Legionäre in Rußland, nachdem sie die Transsibirische Eisenbahn erobert hatten, setzten sich in den ersten Zug, um nach Hause zu fahren. Vielleicht war es auch erst der zweite.

1938 wollten sie aber kämpfen; die Demobilisierung war ein schlimmerer Schlag als die Einsicht, daß es in den Krieg geht.

Ich werde notgedrungen persönlich.

Die tschechoslowakischen Flieger, die mit den polnischen die Luftbrücke für die Alliierten hielten, wurden zu Dutzenden über dem Kanal abgeschossen. England wird bis zum letzten Polen und Tschechoslowaken kämpfen, hieß es.

Von den Fallschirmspringern, die in Schottland unter härtesten Bedingungen für den Widerstand zu Hause vorbereitet wurden, überlebten die meisten nicht länger als ein paar Tage nach der Landung. Der einheimische Widerstand war zersplittert und weitgehend zerschlagen – die Exilregierung in London machte sich falsche Vorstellungen – und die meisten Kontaktadressen versagten: die Leute waren verhaftet, tot, zu Kollaborateuren geworden. Es wurde im Winter vor allem abends geflogen, damit die Maschinen unbeobachtet zurückkehren konnten, und die englischen Piloten hatten nur ungenaue Vorstellungen über das Gebiet, das Navigieren war schwierig. Die Fallschirmspringer wurden meist weit von den vereinbarten Orten abgesetzt, nicht selten jenseits der Grenze. In Ungarn wurden sie meist schnell gefaßt, in Polen konnten sie sich unter günstigen Umständen den Partisanen anschließen.

Daß es trotzdem zu mehreren koordinierten Aktionen kam, war Sache des Glücks und des Zufalls. Wie anständig gerade der Bauer war, der den Absprung beobachtet hatte, wie weit zur nächsten Gestapostelle. Er konnte es natürlich auch auf der nächsten tschechischen Polizeistation melden.

Da ich für Samurais viel übrig habe, imponiert mir das Attentat auf Heydrich, trotz der Vergeltungsaktionen in Lidice und Ležáky.

Nach dem kommunistischen Umsturz 1948 wurden die Überlebenden inhaftiert; es kam zu Hinrichtungen. Als es einer Gruppe ehemaliger Fallschirmspringer gelungen war, aus dem Lager auszubrechen, wurden sie mit Hunden gejagt, umzingelt und erschossen. Die anderen Häftlinge sollten im Kreise um ihre Leichen gehen und auf sie spucken.

Massenhinrichtungen können bekanntlich das Ausmaß des individuellen Leids und der Schmach in der Vorstellung der Überlebenden nicht steigern; mit wachsenden Zahlen ermüdet das Mitgefühl und wird entschärft. Mir genügen im Augenblick diese drei einsamen Fallschirmspringer.

Es liegt im Wesen der Politik, zu versagen, Verrat an Verbündeten zu üben und von der Geschichte verurteilt zu werden; mit Chamberlains Desaster gewann Churchill die nächste Wahl. Wo waren aber die europäischen Intellektuellen damals? Die französischen, englischen, italienischen Schriftsteller, die Stimmen der deutschen Kollegen, die ihr erstes Asyl vor Hitler in der tschechoslowakischen Republik gefunden hatten?

Nationalismus ist auch unter den Tschechen nicht sehr populär. Ich kann mir vorstellen, daß nicht jeder in meinem Böhmen leben möchte.

Europa ist ein Konglomerat aus Empfindungen,

Verletzungen und überlieferten Klischees über die anderen. Die Sprache konserviert die Vorurteile:

»Böhmische Dörfer« gibt es nur in Deutschland; ebenfalls die »polnische Wirtschaft«. – Dafür behalten die Deutschen auch ihre »deutsche Markenbutter« und zur Strafe noch holländisches Gemüse.

Die Syphilis haben sich alle gegenseitig zugeschoben, bis sie sich ausnahmsweise geeinigt hatten, auf Frankreich, das es prompt England zuspielte; womit es angesichts von dessen ungehemmter Kolonialpolitik nicht einmal unrecht hatte, obwohl auch die Spanier und Portugiesen in Frage kamen – aber an die Indianer dachte damals keiner. Europa war der Nabel der Welt, im Guten und im Bösen.

Die Tschechen haben »spanische Dörfer« und »türkische Wirtschaft«, das ist auch nicht besser, allenfalls dadurch entschuldbar, daß die inkriminierten Länder ferner liegen und keine Nachbarn sind. Die Engländer sind fein heraus – »it's all Greek to me«, versichern sie scheinheilig, die Antike haben wir alle hinter uns – wie es die Griechen empfinden, weiß ich nicht; sie können nach München mit Chamberlain ruhig zugeben: »it's all Czech to me«.

Andererseits gründet mein europäischer Traum auf dem produktiven Irrtum Shakespeares über die Lage Böhmens.

Es bleibt also auch England dieser wirren, katastrophalen Vielfalt von Europa, meinem Böhmen, verhaftet.

Dichterische Entwürfe erweisen sich auf die Dauer als die zäheren »Haupt- und Staatsaktionen«.

Mai 1988

Semiaride Landschaft mit Küste
Neues Verhältnis Ost – West?

In der Neujahrsrede, die Václav Havel als frisch gewählter Präsident am 1. Januar 1990 an die Bürger der Tschechoslowakei richtete, steht unter den wichtigen Punkten seines politischen Programms an dritter Stelle der Schutz Benachteiligter: »Kinder, alte Menschen, Frauen, Kranke, schwer Arbeitende, Angehörige nationaler Minoritäten«. Weitere Punkte betreffen das Militär und die Strafgefangenen.

Für die Außenpolitik wird u. a. der Wunsch geäußert, daß noch vor den Wahlen der Papst und der Dalai Lama die Tschechoslowakei besuchen mögen, ferner daß die Tschechoslowakei diplomatische Beziehungen mit dem Vatikan und mit Israel anknüpft. – Beides ist inzwischen geschehen.

Die Rede ist im übrigen fulminant, von großer poetischer und staatsmännischer Weitsicht, einer der seltenen Fälle in der Politik, daß ein Staatsmann seinen Text selbst geschrieben hat. Sie endet mit einer Paraphrase des historischen Satzes von Jan Amos Komenský, die bereits vom ersten Präsidenten der Tschechoslowakei, Tomáš Masaryk, zitiert wurde:

»Deine Herrschaft, Volk, ist zu dir zurückgekehrt.«

Es bestehen keine Zweifel, daß in der gegenwärtigen Situation Václav Havel der beste aller möglichen Präsidenten ist, repräsentativ, unbelastet. Der Vergleich mit jedem anderen würde notgedrungen diese Qualitäten nur betonen. Auch ich bin froh und stolz, einen solchen Vertreter meines Landes auf der Burg zu wissen, einen Kollegen zumal.

Seit ich schreibe und mich aufgrund dieser Tätigkeit öffentlich äußere, versuche ich, Kenntnisse über das

Land, aus dem ich komme, zu verbreiten und es möglichst würdig zu vertreten.

Das hat einige Male Anlaß zu Konflikten gegeben. In Österreich erfuhr ich aufgrund meines Annexionsentwurfs von Europa an Böhmen, von Lesern, die ihn ernstnahmen, daß die Tschechen die Totengräber der Monarchie und chronische Deutschenhasser sind. – Es könnte etwas dran sein. Ein Briefschreiber fragte schließlich: »Was wollen Sie? Die Tschechen haben unter Hitler zu essen gehabt.«

In Deutschland bekam ich bisher solche Briefe nicht. Die geographische und historische Nähe greift hier nicht in gleicher Art, das Land ist schon zu groß oder es hat mit anderen Feindbildern, anderen Ressentiments zu tun, im Augenblick vor allem mit seiner erneuten Vereinigung. Außenprobleme bleiben vor der Tür.

Aus der Distanz neige ich dazu, die Tschechen zu idealisieren. Hinzu kommt die innenpolitische Lage, die früher jede ernstgenommene Arbeit bereits als Geste des Widerstands erscheinen ließ.

Im Herbst des Jahres 1989 war ich stolz auf die hohe Kultur ihrer politischen Auseinandersetzungen, daß die *res publica* wieder zur öffentlichen Sache im weitesten Sinne geworden ist, wo sich nicht nur Jugendliche und aus Gemüselagern und Altpapiersammlungen zurückgekehrte Literatur- und Philosophieprofessoren engagierten, sondern genauso Arbeiter oder Verkäuferinnen. In meine Begeisterung mischte sich gleichzeitig die Erkenntnis, daß sie mich nicht mehr brauchen. Es war Enttäuschung und Erleichterung in einem.

Ich bin froh, daß sie nach ihrer »sanften Revolution« auf Maße zurückgekommen sind, wo sie wieder vergleichbar, d. h. kritisierbar werden. Die Schonfrist ist vorbei.

Nur wenig frommts – daß ich, ein müß'ger Fürst,
am stillen Heerd hier, an dem kargen Strand,
bejahrtem Weib gesellt –
dem rohen Pack ein viel zu gutes Recht mit Würde sprech.
Das scharrt & schläft & frißt –
und kennt mich nicht!

Als dritter Sorgenpunkt des neuen tschechoslowakischen Präsidenten rangieren die Gruppen der Bedürftigen wie folgt:

Kinder, Alte, Frauen, Kranke, schwer Arbeitende, Angehörige von Minoritäten.

Da die Frauen allein beinah die Hälfte der Bevölkerung ausmachen, bedeutet es, daß die Benachteiligten eine erdrückende Mehrheit darstellen, während die Nutznießer sozialen Rechts die schmale Schicht gesunder, leicht arbeitender Männer im erwerbsfähigen Alter sind. »Deine Herrschaft, Volk, ist zu dir zurückgekehrt.« Der Satz hat einen Beigeschmack von Wahrheit.

Frauen als Randgruppe. In einem Land, wo sie seit je das Funktionieren garantierten, einfach dadurch, daß sie trotz ihres Nichteinverstandenseins mit dem Regime doch die Familie, die Kinder nicht allein, hungrig, dreckig und in der Kälte lassen konnten. ›Die Revolution der Kinder‹ vom November 1989 ist das Verdienst der Mütter. Daß diese Kinder plötzlich politisches Bewußtsein und Verantwortung zeigen, obwohl sie nie ein anderes System als den Totalitarismus kennengelernt haben, ist weniger verwunderlich als man annehmen könnte, wenn man metaphorisch nach besonderen Genen dieser Generation fragt. Diese Kinder waren in dem Sinne nie verwahrlost, dem System mental ausgeliefert.

Die Frauen hatten wenig davon.

Als 1968 Sartre mit Simone de Beauvoir Prag besuchte – die Syntax hier entspricht den Prioritäten –, waren wir überrascht, als auch sie sprechen wollte. (Schon ihre Handtasche auf dem Rednerpult machte sich nicht gut.)

Kurz zuvor hatte ein modischer Philosophiedozent ihr Buch »Das andere Geschlecht« lächerlich gemacht. Es ist erschienen, symptomatisch verspätet – ohne jegliche Resonanz. Es lag nicht einmal an der Diffamierung; es gab einfach kein Interesse, keine Neugier.

Ihr Vortrag kam uns überflüssig vor, eine Zeitverschwendung – wir hätten lieber weiter Sartre gehört.

Nachträglich wird mir klar, daß ich das Land verlassen habe nicht wegen der allgemeinen politischen Unterdrückung, der konnte man sich weitgehend entziehen, sondern wegen der allumfassenden Diskriminierung von Frauen. Sie reicht tiefer als die jeweilige politische und ökonomische Misere, ist zäher als jeder politische Terror. Es deutet nichts darauf hin, daß sich daran grundsätzlich etwas ändern wird, im Gegenteil, mit wachsenden konservativen Tendenzen, mit der neu entfachten Religiosität werden auch die Mindestsicherheiten der Frauen in Frage gestellt.

Die Diskrepanz zwischen den Leistungen der Frauen und ihrer sozialen Position wird in der Sprache sichtbar.

Es gibt Berufe, für die es keine weiblichen Bezeichnungen gibt, obwohl Frauen auf diesen Gebieten oft mehr Mut und Kompetenz bewiesen haben als ihre männlichen Kollegen.

Als einzige Frau ist die nationalsozialistische Abgeordnete Dr. Milada Horáková während der Schauprozesse in Prag wegen »Hochverrats« zum Tode verurteilt worden, weil sie es abgelehnt hatte, für die Kommunisten zu kandidieren. Trotz weltweiter Proteste, u. a. von

Albert Einstein, wurde die Hinrichtung am 27. 6. 1950 vollzogen. Die Henker ließen sie zusehen, wie ihre drei Freunde vor ihr erhängt wurden.

Die meisten nichtkommunistischen Politiker gaben früher oder später dem Druck der neuen Machthaber nach. Milada Horáková gehört zu den wenigen, die sich dem Terror widersetzt hatten und ihren zivilen Mut mit dem Leben bezahlten.

Trotz dieser Erfüllung ihres Mandats klingt die Bezeichnung »Politikerin« im Tschechischen unerträglich lächerlich – ein Pasquill.

Das gleiche gilt für »Intellektuelle«, »Wissenschaftlerin«, »Schriftstellerin«, sogar für »Frau«.

Um sich auf diese Weise in meiner Muttersprache zu definieren, braucht eine Frau viel Mut; sie weiß, daß sie sich lächerlich macht, denn diese Bezeichnungen wirken peinlich, pathetisch, widernatürlich. Die aufgebürdete Stummheit in bezug auf sich selbst kompensieren Frauen dadurch, daß sie über solche Ausdrücke als erste lachen.

Berufe, in denen sich Frauen durchgesetzt haben – Schulwesen, Medizin –, verfallen schnell im Ansehen, ein Phänomen, das allgemein beobachtbar ist. Bei der Verschiebung von ›Sekretär‹ zu ›Sekretärin‹ geschah es schon früh.

»Karrierefrauen« sind ein beliebtes Thema der Satire. Die frustrierte Schulleiterin, die ehrgeizige kleinbürgerliche Ehefrau sind Topoi, von Kundera bis zum jüngsten Anfänger.

Hier überschreite ich bereits die Grenzen.

Osten – Westen.

Mit diesen Begriffen habe ich Schwierigkeiten. Wenn jemand in Wien sagt, »Ihr im Osten«, bin ich es müde, darauf hinzuweisen, daß Prag, woher ich komme, im Nordwesten von Wien liegt. Das Schema vom Nord-Süd-Gefälle greift hier auch nicht.

Das Wörterbuch hilft ebensowenig. Die gelegentlichen Synonyma Orient – Okzident, aus einer Zeit, als Windrichtungen noch geographische Relationen ausdrückten, wirken romantisch und bedeuten heute etwas anderes.

In jener Zeit hatten die Länder nicht nur eigene Namen, sondern gleichsam personifizierende Epitheta: »der kranke Mann am Bosporus«, »das Pulverfaß«, »der Koloß auf tönernen Füßen«.

Sie muten heute nostalgisch an, wie die Landkarten mit dem russischen Bären, dem gallischen Hahn, dem britischen Löwen – Preußen mit Pickelhaube. Sie erloschen mit dem Gegenstand ihrer Beschreibung.

»Das süße Frankreich« und »das stolze Albion« hielten sich zwei Dekaden länger, bis sie in München 1938 ihre Unschuld und ihren Stolz verloren.

Die Folge ist die nominale Verarmung Europas, die planierende Reduzierung der Welt auf Ost – West, Nord – Süd, fataler noch ist die neuzeitliche Abzählbarkeit – die erste, die zweite, die dritte, die vierte Welt ...

Wenn wir vor Ort bleiben – weder die Schweiz noch die Tschechoslowakei, nicht einmal Österreich liegen im Zentrum Europas, das schließlich bis zum Ural reicht. Wenn man es genauer haben will, liegt die Mitte eher bei Minsk oder Witebsk, und der höchste Berg des Kontinents ist mitnichten der Montblanc, sondern der verwitterte Elbrus im Kaukasus, achthundert Meter höher.

Die Begriffe West und Ost halten sich hartnäckig weiter, sie sind bequem, schnell und ungenau. Aber Genauigkeit hat ihren Preis, das kann man am tschechoslowakischen Staatswappen sehen, wo jetzt auch Mähren und Schlesien ihre Attribute angebracht haben möchten. Der böhmische Löwe hat an seinem doppelten Schwanz genug zu schleppen, dazu kommen die slowakischen Berge, und wenn die Mähren und die Schlesier mit ihrer heraldischen Menagerie kommen, wird das Symbol des Staates einer Einladung in einen obskuren Zoo gleichen.

Problematisch ist die bisher dreifache Namensänderung des Landes. Seitdem bedienen sich auch seriöse Medien in der BRD der nazistischen Bezeichnung »Tschechei«.

Als wäre es meinen Landsleuten egal.

Neues Verständnis Osten – Westen?

Die Namen gehen den Dingen voran, wußten die Nominalisten. Nach Marx müßte ich aber erst etwas erleben, um dann darüber zu schreiben. Aber wenn ich für das Erlebte keinen Namen habe, werde ich es nicht tun können – ich werde es nicht einmal wahrnehmen, also nicht erleben.

Die Schlange, in den Schwanz gebissen, von sich selbst. Nicht von einem Mungo, der beißt in den Kopf; Norbert Wiener erklärt in seiner »Kybernetik«, wie er sich von diesem Paradigma zu seiner neuen Wissenschaft inspirieren ließ.

August Kekulé kam ohne Mungo aus, ihm genügte die in sich verbissene Schlange, die Solipsistin.

Durch sie hat er den Benzolring entdeckt und damit die Kenntnis der DNA, der Doppelhelix, angebahnt, den Namen nahegelegt.

Vor dieser Bezeichnung war die DNA zwar da, aber namenlos, ohne unser Bewußtsein, wie nicht vorhanden.

Borges wußte von der Last der Benennungen: »Empor hinter dauerfließen mondet's.« – *Tlön, Uqbar, Orbis Tertius*. In einem Universum, das aus Verben besteht, lebt es sich anders als dort, wo die Hauptwörter das Sagen, das Benennen haben.

Der dialektische Materialist Marx, der das Sein vor das Bewußtsein stellte und dessen sozioökonomische Analysen mit ihrer Prägnanz von längerer Dauer sein werden als ihre zweckgebundene Adaptation durch Lenin, ist im Augenblick in den Ländern, die sich nach seinen eng auf die russischen Verhältnisse zugeschnittenen Theorien ein halbes Jahrhundert lang zu richten hatten, wenig populär.

Die Variationen seiner Aufforderung an die Proletarier aller Länder entsprechen den Inventionen der neu entfalteten Witzbolde: »Verzeiht mir, das war wohl nichts, vielleicht nächstes Mal.« Eine Quintessenz: »Proletarier aller Länder, geht auseinander.«

Verzichten jetzt die Proletarier aller Länder auf ihre aufoktroyierte Solidarität, die nie funktioniert hat – Stalin brachte einen Teil der deutschen Kommunisten, die in der Sowjetunion Zuflucht gesucht hatten, um, andere wurden an Hitler ausgeliefert, und in der untergehenden DDR veranstalten Jugendliche Jagden auf Vietnamesen und Schwarzafrikaner, die bis unlängst im Lande mithelfen sollten, den Sozialismus aufzubauen –, oder werden sie sich gleichsam als Entschuldigung zu ihrer kleinbürgerlichen Herkunft bekennen und zugeben, daß sie weit davon entfernt sind, jemals proletarische Kader gewesen zu sein?

Die linken Intellektuellen im Westen sehen verstört, paralysiert zu, wie ihr Traum von einer menschlichen Alternative zum Kapitalismus in die Brüche geht. Die agilste, auf lange Jahre selbständigste KP Europas, die italienische, will gleich ihren Namen aufgeben (nomina ante res!), der revolutionäre Elan der Veränderungen in Osteuropa verpulvert im ökonomischen Kalkül, wird aufgekauft und zur Reklame nach westlichem Muster, in konservativ-reaktionäre Bahnen gelenkt. Wo gibt es noch Unterschiede?

In dem heute inkriminierten Sozialismus, den man hämisch den ›real existierenden‹ nannte, stand Frauen per Gesetz die Entscheidung für oder gegen eine Schwangerschaft frei, genauso wie das Recht, ihren Namen nach der Eheschließung zu behalten. Mit der Zeit wurde das fortschrittlich angelegte Gesetzbuch per Zulagen und ›Auslegungen‹ eingeengt; die Interruptionskommissionen wurden für die betroffenen Frauen zum demütigenden Spießrutenlauf, und die Möglichkeit, den eigenen Namen zu behalten, wurde nur wenig genutzt. Viele Bürger, in Unkenntnis der Gesetze, wähnten sich schon mutig, wenn sie ihre Meinung äußerten, also legal handelten.

Wo Freiräume nicht genutzt werden, verkümmern sie und werden vom Regime eingezogen.

Wenn die einverleibte DDR auf Druck der reaktionären Kontrollbestrebungen der BRD das Gesetz zur Fristenlösung aufgeben muß, sollten sich die Frauen dort ernsthaft überlegen, ob sie für eine Vereinigung optieren wollen.

Der ›Osten‹ holt symptomatischerweise am schnellsten dort auf, wo der ›Westen‹ sich am reaktionärsten und härtesten zeigt. Die Tschechen jubeln dem Papst zu, dem konservativsten seit Pius XII., und veranstalten Striptease-›Performances‹ und Miss-Wahlen, zuletzt in Ostrava, inmitten von Braunkohlekraftwerken, wo man kaum atmen kann.

Das V-Zeichen für Sieg, von ehemaligen Dissidenten noch treuherzig nachgeahmt, ist im Westen bereits ausgehöhlt als Wink in die Medien – neuzeitliche Revolutionen finden vor Kameras statt, wie auch Hinrichtungen und Terroraktionen. Sie orientieren sich noch nicht so schnell »in der gedeuteten Welt«.

Dabei geht es nicht ohne Rührseligkeiten zu. Die »samtene Revolution« hat ihren »samtenen Präsidenten«, der Papst heißt in den Medien nur noch der »Heilige Vater«.

Aus Genossen werden Herren, ›Herr Václav Havel‹ wird durch alle Zeitungen strapaziert, ohne daß sich einer darauf besinnt, daß für einen Künstler, einen Intellektuellen, ob Präsident, ob Dissident, die einzig adäquate Bezeichnung sein Name ist.

Die Tschechen tummeln sich in gefährlicher Nähe zum Kitsch.

Die Jagd nach Authentizität wird zur Komplizenschaft; die wegen ungünstiger Lichtverhältnisse für das wartende Filmteam hinausgeschobene Hinrichtung in Afrika, das Interview mit Entführern während ihrer Terroraktion, an deren Ende mehrere Tote liegenbleiben – der ›Westen‹ hat ein paar Möglichkeiten mehr, schneller am Ort des Geschehens zu sein.

Die Schrecken des Ostens sind weniger Stimulantien, sie werden nüchterner berichtet. Es gab so etwas wie Scham.

Der Osten ist langsamer. Noch.

Nachrichten aus der letzten Zeit:

– Die Securitate schickte Frauen und Kinder, Taschen mit Sprengstoff in wartende Mengen zu stellen: Belohnung in Devisen.

– Ceauçescu ließ meteorologische Berichte fälschen, damit nicht geheizt würde; die Leute durften ihrer eigenen Haut nicht trauen.

– Stachanow hatte zwei Helfer; die Millionen Werktätigen, die ihm begeistert nacheifern mußten, sollten es allein schaffen.

– Der kommunistische Märtyrer Fučík war mutmaßlich ein Spitzel der Gestapo.

– Fünfzehntausend ermordete polnische Soldaten und Offiziere in Katyn, am Karfreitag 1990 von der sowjetischen Führung bestätigt.

– Den Frauen in Appenzell wird das Wahlrecht verweigert.

– Jugendliche in der ČSFR greifen Ausländer an: Vietnamesen appellieren an den Staatspräsidenten.

– Schändung jüdischer Friedhöfe in Ostberlin, in Frankreich.

– Judenhetze in der Sowjetunion.

Die Umbenennung von Straßen – statt ›Leninova‹ ›Benešova‹ in Prag.

Beneš hat die Tschechoslowakei zweimal ausgeliefert: 1938 an die Faschisten, 1948 an die Kommunisten.

Welche Straße heißt nach Horáková? (Es gibt sie inzwischen.)

Wie viele Ministerinnen wird es in der neuen Regierung geben?

Und wie wichtig werden die Ressorts sein? Zweieinhalb unwichtige.

Nach Beneš' Flucht wurde der parteilose Jurist Emil Hácha zum Präsidenten der restlichen Republik gewählt. Er übernahm das Amt aus Pflichtgefühl. In der Nacht zum 15. März 1939 wurde er nach Berlin beordert und sollte einen Hilferuf an Hitler unterschreiben, die Bitte um Schutz, damit die Wehrmacht legal ins Land einfallen konnte. Frisch vom Urlaub in Italien wurde Göring eingeflogen, der ihm detailliert ein vorbereitetes Bombardement von Prag schilderte, für den Fall einer Weigerung. Hácha hat widerstanden, nach sechs Stunden verlor er das Bewußtsein. Mit Injektionen wurde er aufgerichtet, für die Unterschrift. Er war 66, ein kranker Mann, in freien Stunden hatte er englische Romane übersetzt.

Beneš ließ ihn nach seiner Rückkehr im Gefängnis sitzen: wegen ›Kollaboration‹ mit den Nazis. Emil Hácha starb entehrt in Untersuchungshaft.

Die gejagten und von ihren Nachkriegshenkern bespuckten tschechischen Paraschutisten, zweimal um ihre Ideale betrogen, die von der SS ermordeten Widerstandskämpfer nach dem Attentat auf Heydrich, sieben gegen 350 – Lidice, Ležáky ...

Angesichts der Tatsache, daß noch jede kommunistische Hinrichtung – in der Tschechoslowakei, in Polen, selbst in Ungarn, jede Vertreibung, auch von apolitischen Deutschen – ihre Rechtfertigung in der faschistischen Politik Großdeutschlands findet, sehe ich der deutschen Wiedervereinigung mit Skepsis zu, wie mein dafür diffamierter Kollege Günter Grass.

Ich lebe in diesem Land, also bin ich beteiligt, mische mich ein.

Osten – Westen, wo sie sich berühren – ein von Verdrängungen erblindeter Fleck auf der Landkarte, halb Wüste, halb Sumpf.

Anstelle beugbarer Begriffe müssen wieder Namen gesetzt werden, der stagnate Zustand von Unkenntnis und Manipulierbarkeit, den sie anzeigen, muß ein Ende haben.

Jedes Land hat seine eigene Geschichte – eigene Abschiebehaft – eigene Verantwortung.

Die Zeit der Namenlosigkeit ist vorbei.

Mai 1990

Der Dichter als Brauch
Eine quasi-ethnographische Überlegung

... Ein anderer Brauch des Stammes sind die Dichter. Einem Mann fällt es ein, sechs oder sieben gemeinhin rätselhafte Wörter zusammenzustellen. Er kann sich nicht beherrschen und sagt sie schreiend auf ... Wenn das Gedicht nicht erregt, geschieht nichts; wenn die Worte des Dichters sie überwältigen, rücken alle unter der Herrschaft heiligen Schreckens ... schweigsam von ihm ab ...

Nun ist er kein Mensch mehr, sondern ein Gott, und ein jeder kann ihn töten.

Diese Charakterisierung einer Berufssparte entstammt dem denkwürdigen Reisebericht des schottischen Missionars David Brodie, wie Jorge Luis Borges ihn überliefert hat. Der autodidaktische Ethnograph beschreibt die Sitten und Riten eines südamerikanischen Stammes mit dem silbenbildenden Namen ›Mlch‹, die er zwecks leichteren Zugangs ›Yahoos‹ nennt.

Spätestens hier wird auch für die Borges-Unkundigen die literarische Beschaffenheit dieser Freiland-Studie und ihrer Wurzeln deutlich.

Der Bericht ist in den Sümpfen um Buenos Aires in der Mitte des 19. Jahrhunderts situiert, der Swiftsche Zugriff und die Lakonie von Borges legen aber eine aktuelle Analogie zu rezenten Stämmen und Gesellschaften nahe.

Der Leser findet sich nicht nur in die Traurigen Tropen versetzt, sondern auch in die tristen gemäßigten Zonen Mitteleuropas der letzten Jahrzehnte.

– »... Wenn das Gedicht nicht erregt, geschieht nichts.« – Die Harmlosigkeit der Dichter konnte in direkter Proportion an der Höhe ihrer unverkäuflichen Auflagen gemessen werden; Autoren, die den ›heiligen Schrecken‹ provoziert hatten, mußten mit Konfiskation ihrer Arbeit, Inhaftierung und Abschiebung rechnen.

– »... niemand spricht ihn noch sieht ihn an ...« – Die Isolation der einschlägigen Autoren von der Masse, die meist schwieg – die kryptischen ›Sympathisanten‹ blieben im Untergrund ihrer mentalen Bequemlichkeit –, gehört zu den rasch tabuisierten Tatsachen in den Ländern des verflogenen Sozialismus, ob real oder ›mit menschlichem Antlitz‹, als jene Utopie, die eine kurze Zeit lang möglich schien, da die ›graue Zone‹, unter anderen Umständen auch ›innere Emigration‹ genannt, weiterhin benötigt wird: im Unterschied zu den Dissidenten durften sich diese politisch Unauffälligen fachlich weiterbilden. Nicht alle waren Parteimitglieder, und nicht alle Parteimitglieder waren korrupt. – Dies auseinanderzudröseln wird noch die kommenden Generationen beschäftigen.

– Der König der Yahoos als höchster Repräsentant hat ein besonderes Schicksal: Jeder Neugeborene wird einer eingehenden Untersuchung unterzogen. Weist er bestimmte Merkmale auf, die ihn zum König des Stammes bestimmen, wird er unverzüglich verstümmelt. Sie brennen ihm die Augen aus und hacken ihm Hände und Füße ab, »damit die Welt ihn nicht von der Weisheit ablenke. Gibt es Krieg, holen die Zauberer ihn aus der Höhle, stellen ihn dem Stamm zur Schau, um ihren Mut anzustacheln, und tragen ihn auf den Schultern ins Kampfgetümmel, als Banner oder Talisman. In solchen Fällen stirbt er gewöhnlich sofort unter den Steinwürfen der Affenmenschen«.

Borges kann es sich nicht versagen, dieser verkrüppelten Kreatur unumschränkte Macht zuzuschreiben. »... ich vermute jedoch, daß die vier Zauberer, die ihm zur Seite stehen und ihn gewählt haben, die wahren Herrscher sind«, bemerkt sein penibler Missionar.

Andere Bräuche sind Kämpfe abgerichteter Kater und Hinrichtungen.

Die Gunstbezeugungen der Königin sind Stiche ins Fleisch mit goldenen Schmucknadeln, »und nicht wenige Yahoos bringen sie sich selber bei, um vorzutäuschen, daß sie von der Königin herrühren«.

Sie kennen klares Wasser, doch ist ihnen Schlamm und Trübes lieber.

Beim Essen verstecken sie sich oder schließen die Augen; alles übrige geschieht vor aller Angesicht. –

Bei so viel Swiftscher Satire, auch der Buñuels – bleibt nicht unbemerkt, daß man die Grundverhaltensmuster dieser ausgefallenen Spezies in der Ethnologie mehrfach belegt findet: ob es sich um rituellen Kannibalismus handelt, Grausamkeit gegenüber Tieren oder die Adorierung eines Königs, der ein verstümmeltes Wesen ist. Die Untersuchung der Kinder auf besondere Merkmale hin wird auch in einer so durchstrukturierten Kultur wie bei den tibetanischen Mönchen praktiziert, wenn ein neuer Dalai Lama gesucht wird.

Dieses zugespitzte Wertsystem, bezogen auf einen Stamm, hat bei Borges Logik. Sein Missionar notiert:

– Sie haben kein Gedächtnis.

– Mangel an Phantasie treibt sie zur Grausamkeit.

– Es ist den Yahoos verboten, zu den Sternen aufzublicken, ein den Zauberern vorbehaltenes Vorrecht.

Er vermutet, daß sie eine Schrift hatten, sie aber vergessen haben.

– Es ist demnach kein primitiver Stamm, sondern ein degenerierter. Trotz der registrierten Entartung ihrer Bräuche plädiert Brodie für ihren Erhalt: »Sie bekräftigen die Wahrheit der Strafe und des Lohns. Kurz: sie stellen die Kultur dar, wie wir sie trotz unserer vielen Sünden darstellen.«

– »Es ist den Menschen verboten, zu den Sternen aufzublicken.« Wie leicht ist es, in der Literatur Parallelen zu repressiven Systemen zu finden – von Swift zu Gogol, von Kafka zu Borges, von Dostojevskij zu Zamjatin, zu Orwell – lauter verbotene oder zurechtgestutzte Autoren in Regimen, die sich von ihnen beschrieben fanden.

Die totalitären Strukturen haben die negativen Utopien in der Geschichte bestätigt und übertroffen. Sie waren einfach zu konstruieren, man mußte nur ein wenig übertreiben. Sie zu durchschauen war leicht, sie konkret zu beseitigen praktisch unmöglich. Die immer gleich absurden Mechanismen des Terrors waren entwaffnend schlicht, und ihre Beschreibung hatte etwas zwangsläufig Mangelhaftes. Es lag auf der Hand und geschah beinah mechanisch, mit Grinsen – bei den Satirikern, oder mit vor Zorn zitternder Hand – Dostojevskij schrieb so seine »Dämonen«.

Von Lenin als das ›kranke Gewissen Rußlands‹ apostrophiert, wurde er für Jahrzehnte verboten: mutmaßlich weniger wegen seiner späteren religiösen Tendenzen als für seine Enthüllung revolutionärer Praktiken als verbindlicher Terror.

Der Anstifter und Gründer der subversiven »Fünf«, Petr Werchowenskij, der weiß, daß nichts besser lötet als ein gemeinsam verübter Mord, holt bei einem Treffen der ›Verschwörer‹ ein Stück Papier heraus und gibt vor, sich Notizen zu machen. Die Anwesenden steigern sich vor dieser ›Kontrolle‹ zu gegenseitigen Anschuldigungen und übertreffen sich in umstürzlerischem Eifer.

Claude Lévi-Strauss berichtet in den »Traurigen Tropen« von einem Stammesangehörigen, der ihn nachahmend eine Schreibbewegung vollzieht; er wird von den anderen sofort feindselig betrachtet. Die magische Praxis des Schreibens und Lesens (laut Augustin war sein Lehrer Ambrosius der erste Mensch, der mit den Augen las, ohne den Text laut zu sprechen) erweckte seit jeher Mißtrauen und Aggressivität der übrigen, die sich erfaßt fühlten. Oder, umgekehrt, ausgeschlossen, ihrer Kontrolle über den Lesenden/Schreibenden beraubt.

Worüber werden Autoren schreiben, wenn ihre schlimmsten Entwürfe sich erfüllt haben und die Überlebenden der Strafkolonien jetzt selbst Zeugnis ablegen können, davon, daß die Botschaft der tötenden Maschinerie keine Offenbarung enthielt, sondern nur eine ungeheure Banalität?

Woran werden die Dichter ihre Wirksamkeit und ihre Qualität messen, wenn sie keine Zensur und keine Verfolgung mehr erfahren? Wir erleben eine absurde Zeit. Die Länder, die sich nach Marx' materialistischem Postulat ein halbes Jahrhundert lang zu richten hatten, bestätigen jetzt, wo er als Staatsdoktrin abgeschafft wurde, seine Einsicht.

In einer Zeit der ›freieren‹ Ideologien wie Marktwirtschaft, Konvertibilität der Währung und Durchlässigkeit der Grenzen wird die Wahl zwischen Kultur und Konsum immer deutlicher zugunsten der materiellen Güter entschieden.

Solange Kultur, namentlich die Literatur, viele andere Gebiete substituieren mußte, gab es keine Wahl. Was geschrieben wurde, wirkte, es sei denn, es war offiziell.

Auch da gab es Ausnahmen. Dabei hat die Kunst des Assoziierens zwischen den Zeilen für Jahrzehnte das ursprüngliche Aufnehmen von Texten verdrängt. Manchmal geschah die Mitarbeit der Leser ohne Absicht des Schreibers, und auch heute können viele der Schreibenden sich nicht anders als allgemein, in Parolen ausdrücken, in der Hoffnung, daß der Leser schon verstehen wird und ihnen hilft, etwas zu meinen.

Aber der Leser hat heute anderes zu tun als zu lesen.

Er überzeugt sich in selbstvergessenem Taumel vor Ort von den materiellen Vorteilen des Westens – die überfüllten polnischen Busse in Westberlin, die tschechischen in Wien sind für die Einheimischen mittlerweile zur gewohnten Plage geworden.

An Wochenenden gibt es Strafexpeditionen in die entgegengesetzte Richtung, um sich in den Kneipen jenseits der Grenze für ein Spottgeld mit der ganzen Familie zu sättigen. Ein Ethnologe könnte hier genügend Material für neue Verhaltensinterpretationen finden – eine Art umgekehrter Potlatsch.

Für einen kulturellen Vergleich, bei dem sich der ehemalige Leser aus dem »Osten« wieder aufrichten könnte, reichen seine Devisen nicht aus. Wird er eingeladen, stellt er in den renommiertesten Theaterhäusern verblüfft fest, daß das Inszenierungsniveau an das fahrende Marionettentheater des 19. Jahrhunderts in Böhmen erinnert – ob Old Vic, ob Stratford upon Avon, aber man könnte auch an andere Länder, näher an Prag, heranrücken, wo Intendanten und Kultregisseure ihr kostspieliges einfallsloses Dasein fristen.

Die meisten Wühltisch-Touristen können sich daran nicht emporhangeln und lassen sich vom immer ausgedehnteren Sommerschlußverkauf einfangen.

Wo bleibt die Kunst?

Auch die einfallsreicheren, witzigeren Inszenierungen ostseits des durchrosteten Eisernen Vorhangs laufen vor leeren Reihen ins Leere.

Weit zurück liegen die Zeiten, als in den Theatern Politik gemacht wurde, jede noch so geringe Anspielung aus dem klassischen Repertoire verstanden wurde und volle Häuser mitriß – als auf der Bühne Schauspieler mit Studenten die blutigen Ereignisse auf der Straße diskutierten und die Zukunft des Landes.

Ich bin dennoch nicht gänzlich pessimistisch.

Da die Inhalte aufgehört haben, subversiv zu sein, wird es die Form leisten müssen, wie seit je in freieren Zeiten.

Und die Themen? Das heilige Triumvirat, von Arno Schmidt aufgestellt, behält seine Gültigkeit:

Landschaft, Intellekt, Eros.

Wie es um die beiden letzteren beschaffen ist, bleibt jedem einzelnen überlassen.

Wie es um die Landschaft steht, geht alle an.

Die Landschaft, die ich meine, ist mehr zerstört als die meisten in Europa. Die Wälder in Nordböhmen sind beliebte Drehorte für besonders trostlose No-future-Filme mit niedrigem Budget, ob Kriegsfilme, ob Science-fiction – der Ort spricht für sich. Dazu kommen 350 Lokalitäten, von sowjetischen Militäreinheiten seit 1968 in Besitz genommen, wo der Boden und das Grundwasser vom Motorenöl durchsetzt sind, die Wälder abgeholzt, die historischen Gebäude, die benutzt wurden, im Laufe der Jahre zerstört und ausgeplündert wurden.

In Ungarn hausen sie seit 1956, in der ehemaligen DDR seit Ende des Krieges. Dort blieben sie als Sieger über einen Aggressor, in dessen Krieg sie Millionen Menschenleben verloren haben; in die beiden anderen Länder kamen sie als Okkupanten.

Mit bewährtem Langmut sieht die Bevölkerung zu, wie sie jetzt gemächlich abziehen – schneller geht es nicht, weil das riesige Reich nicht imstande ist, für diese Hunderttausende, die nichts Produktives gelernt haben, Arbeit und Wohnungen zu beschaffen, trotz chronischen Mangels an Arbeitskräften in weiten Gebieten des Landes.

Für das, was sie hinterlassen – unbewohnbare Baracken und überflüssige Waffen, die keiner will (Exkremente in Schubladen und Schränken sind leichter zu beseitigen als das Klein-Baku in der Erde), fordern sie finanziellen Ausgleich. Die Okkupation ist noch nicht zu Ende.

– Es soll daran erinnert werden, daß sich am 25. 8. 1968 auf dem Roten Platz in Moskau sieben Bürger der Sowjetunion fanden, um gegen die Besetzung der Tschechoslowakei zu protestieren. Natalija Gorbanevska, Larisa Bogorazovova, Konstantin Babickij, Pavel Litvinov, Vladimir Dremljuga, Viktor Fajnberg, Vadim Delone. Zwei Dichter, zwei Linguisten, ein Mittelschüler, ein Physiker, ein Schlosser.

Bevor sie jahrelange Strafen in Arbeitslagern auf sich nehmen mußten, wurden sie dem vom KGB eingesetzten Mob preisgegeben. Viktor Fajnberg, wegen seines »jüdischen Äußeren« schon öfters rassistischen Angriffen ausgesetzt, wurde mehrmals gegen den Kopf getreten, und es wurden ihm vier Zähne ausgeschlagen. Infolge seiner Verletzungen konnte er nicht vor Gericht erscheinen und wurde in Abwesenheit zum unbefristeten Aufenthalt in einer psychiatrischen Anstalt verurteilt. Vadim Delone, damals zwanzigjährig, bekam beim Abtransport Handschellen dafür, daß er Mandelštams Verse deklamierte. Er starb mit sechsunddreißig in Frankreich.

Während der Verhandlung wurden keine der Freunde und Verwandten der Angeklagten eingelassen. Vor dem Gerichtsgebäude, wo sie warteten, organisierte der KGB ein Saufgelage für ›Passanten‹, die an den Wartenden ihre ehrliche Empörung ausließen. (Besondere Aggressivität erweckten Brillenträger.) Die meisten dieser Volksvertreter wiederholten die gleichen Sätze. – »Alle ertränken oder mit einem Maschinengewehr niedermähen!«

– Das Argument: »Die wollen sich nur wichtig machen und das Ausland auf sich aufmerksam machen«

konnte man seinerzeit ebenfalls in der Tschechoslowakei an die Adresse der Charta 77 gerichtet hören.

Gegen das Urteil wurde noch im Dezember 1968 ein Protestbrief an den Obersten Sowjet abgeschickt, von 95 Menschen unterschrieben; die meisten von ihnen wurden bestraft. Diese Handvoll Menschen hat mehr Mut aufgebracht, als es sich die meisten »Unbequemen« im Westen vorstellen können.

Die politische Raison bringt es mit sich, daß der ehemalige Aggressor, der die Erstarrung der inneren Machtstrukturen in der Sowjetunion befördert und das Elend der später sowjetisch beherrschten Länder Europas verursacht hat, jetzt aus den Ruinen auferstanden wieder vereint und wirtschaftlich stark ist, während die devastierten ›Satelliten‹, aus dem sowjetischen Joch entlassen, sehen müssen, wie sie es schaffen. Auch Österreich hatte unverdientes Glück.

Unter den Autoren der Bundesrepublik ist die Stimme von Günter Grass, der im Zusammenhang des vereinten Deutschlands auch an Auschwitz erinnerte, eine Ausnahme. Wenn auch die Verbindung künftig nicht zwingend sein sollte, bleibt sie historische Tatsache, und sie unerwähnt zu lassen, bedeutet – in dem nationalen Taumel und der verständlichen Freude von Menschen, die für Generationen voneinander getrennt waren – bei einem kritischen Intellektuellen eine Unterlassung.

Die Autoren der DDR, die sich zum alten Regime bekannt haben und gemäßigte Reformen innerhalb des Systems wünschten, sind für die Jugendlichen in Leipzig, Dresden und Ostberlin, die auf die Straßen gingen – als die Regierung bei den Russen nachfragte, ob sie schießen lassen soll! –, aufgrund ihrer Privilegien, ihrer jederzeit vorweisbaren Kritik, bis zum staatstragenden Zynismus bei einzelnen, nicht glaubwürdiger als die schulterklopfenden Politiker aus Bonn.

»Einen Havel hat die DDR nicht.« Dieser Spruch eines bürgerlichen Literaturkritikers aus der Bundesrepublik ist nicht weniger anmaßend, aber die Ablehnung durch die Menschen, die riefen: Wir sind das Volk! Wir bleiben hier!, gilt.

Daß diese Menschen das ›Hier‹ nicht zu ihrem eigenen machen konnten, ist eine verlorene Chance in der Geschichte der Deutschen.

Das vereinte Land hat schon wieder viel Ähnlichkeit mit einer lauten, provinziell selbstbezogenen Großmacht.

Wo bleiben die Dichter?

Im Augenblick bleiben sie auf der Strecke. In Zeiten, wo die Realität so viel spannender ist als jede Fiktion und die interessanteren Berichte sich in Zeitungen finden, die interessantesten im Fernsehen, sind sie nicht gefragt.

Aus der »Lethargie des Stammes« können sie die Menschen für kurze Momente aufrütteln, auf die Bewegung der Massen haben sie kaum Einfluß.

Der Skeptiker Kafka, der in seinem kargen Stil die genaueste Beschreibung dieses Jahrhunderts gegeben hat, wußte, daß nach jeder Revolution der bürokratische Schlamm liegenbleibt. Aus ihm wird der Nährboden für Unzuständigkeit, unterlassene Hilfe für Asylanten, für Anordnungsverbrechen.

Wenn er sich abgelagert hat und hartgeworden ist, werden die Autoren wieder zur gefährdeten Spezies, weil sie gebraucht werden.

Nicht nur, um einen deformierten Tyrannen als Marionette in Satiren darzustellen, sondern auch um die per Dekret entfernten Sterne zu beschreiben.

Dabei kommt es auf ihr Gedächtnis, ihre Phantasie und ihre Genauigkeit an.

Oktober 1990

Ortsbestimmung

Danksagung zum Chamisso-Preis

In der gegenwärtigen Situation, in der die Literatur grundlegend in Frage gestellt wird, hat es auch die Ehrung von Literatur schwer, gleich welcher Nationalität und Sprache die Autoren sind, ob sie in einer Fremdsprache schreiben oder in ihrer Muttersprache. Es gibt keinen Bonus für Literaten in Kriegszeiten.

Am 17. Januar las ich in Frankfurt. Einige Stunden zuvor haben die USA ihre Drohungen an den Irak wahrgemacht. Der Flughafen war leerer als sonst, die Geschäftsleute fehlten zum großen Teil. Die Straßen auch eher ruhig, ein müder durchfrorener Junge zeigte mir den Weg. Auf einer Stange trug er eine Papptafel mit der Schrift nach unten: ›Stop the war‹. Die Demonstration war gerade aufgelöst worden. Zu der Lesung kamen trotzdem Menschen. Sie rückten zusammen, freundlich und rücksichtsvoll zueinander. Ich hatte den Eindruck, daß sie kamen, um nicht allein zu sein.

Eine andere Szene: Jugendliche auf dem Wenzelsplatz, es ist der 16. Januar 1989, die ›sanfte Revolution‹ hat ihren Anfang genommen. Sie stellen Kerzen an die Stelle, wo sich vor zwanzig Jahren Jan Palach verbrannt hatte. Die Polizei treibt sie mit Knüppelschlägen auseinander, ein paar Stunden zuvor ist Václav Havel an gleicher Stelle verhaftet worden, als er für Palach Blumen hinlegte.

Ende des Jahres: der 17. November 1989 – die Jugendlichen in Prag demonstrieren zur Erinnerung an die Ermordung des Studenten Jan Opletal vor fünfzig Jahren durch die Faschisten; die kommunistische Regierung schickt wieder Polizei. Es gibt Schwerverletzte, man spricht von einem Toten, die Nachricht wird später widerrufen. Nach diesem Tag raffen sich endlich auch die Erwachsenen auf, die sich zwanzig Jahre lang geduckt haben: »Wir lassen unsere Kinder nicht mehr schlagen.« In den nächsten Tagen schließen sich die Arbeiter der wichtigsten Betriebe den Studentenstreiks an und erzwingen den Rücktritt des ZK und die Umbildung der Regierung. »Wir danken unseren Kindern«, lauten die Parolen an den Häuserwänden, und: »Wir, die Studenten von 68, sind stolz auf unsere Kinder«.

Ich stelle mir ähnliche Szenen in Leipzig vor, in Dresden und Ostberlin, nur daß die Kinder dort verwaist sind – keine stolzen Eltern von 68; das haben die Wahlen bestätigt.

Außerdem fehlen die Schriftsteller. Nicht nur in der DDR, als die Polizei ›durchgreift‹; auch in den Straßen von Prag bestimmen die Jugendlichen das Bild. Václav Havel und seine Freunde von der Charta 77 sind zu diesem Zeitpunkt bereits öffentliche Personen, deren literarische Texte zu politischen Appellen geworden sind.

»Es leben die Schauspieler!« kann man auf der Straße skandieren hören, die Literaten werden nicht bejubelt. Literatur hat ihre Bedeutung an die lauten, optisch und akustisch wirksameren Medien abgegeben. Theater, Rockgruppen, bildende Künstler mit ihren Plakaten können auf das Geschehen schneller reagieren. In der DDR hat das allgemeine Mißtrauen der Literatur gegenüber zu diesem Zeitpunkt andere Gründe.

1991, Mitte Januar. Den Kriegsausbruch begleitet eine hoch effektive Berichterstattung der Medien, das Fernsehen katapultiert sich an die Spitze und wird unentbehrlich. Der Film »War Games« wird abgesetzt, man kann es schon spannender haben. Bei den Angriffen der Amerikaner und der Alliierten spricht man auch konsequent von einem ›Szenario‹.

Spätestens bei den ersten Bildern der ölverpesteten Seevögel besinnen sich die Erwachsenen, daß es sich um kein Videospiel handelt. Die Kinder haben es – wie schon die politische Realität vor zwei Jahren, Ende 89 – früher erfaßt. Die Schülerdemonstrationen durch das ganze Land zeigen, daß sie mehr Umsicht und Verantwortung haben können als die Erwachsenen, die seit fünfundvierzig Jahren ihren Spannungsbedarf an Ersatzkonflikten genährt haben. Die Denunzierung dieses Widerstandes als antiamerikanisch, die Sorgen der Politiker, diese Kinder könnten das Ansehen der Bundesrepublik schädigen, zeigen die Absurdität der Situation. Noch nie konnte die Bundesrepublik so zuversichtlich auf ihren Nachwuchs schauen.

›Wir danken unseren Kindern‹, ›Die Generation von 68 ist stolz auf ihre Kinder‹. – Wo bleibt es? Diese Art Anerkennung ist hier nicht üblich.

Statt dessen fasziniertes Hocken vor den Bildschirmen: verkohlte Menschen in Bagdad, Flüchtlingselend zwischen den Fronten. Dazwischen als Abwechslung läuft »Das Traumschiff« weiter.

»Stell dir vor, es ist Krieg, und du hast keinen Fernseher« – diese Inschrift auf einer Wand in Ostberlin drückt die Lage präzise aus.

Wo Soldaten abziehen, bleibt verbrannte Erde, ölverpestetes Wasser, vergiftete Luft zurück. Wo sie einziehen, wird diese Zerstörung einkalkuliert, gleich, aus welchem Motiv sie eingesetzt wurden. In der Tschechoslowakei, Ungarn, Ostdeutschland sind weite Strekken durch die jetzt zu langsam abziehenden russischen Soldaten verwüstet; den Rest hat bereits die Industrie eingeleitet. Die Kraterlandschaft in Nordböhmen läßt kaum noch Hoffnung zu.

In dieser Situation, mitten im Krieg, bekomme ich einen Literaturpreis. Der Preis ist für Schriftsteller nichtdeutscher Muttersprache bestimmt und erinnert mich daran, daß ich Ausländerin bin.

Daran erinnern mich auch Kritiker, wenn sie Ausdrücke aus meinen Büchern, die ihnen nicht geläufig sind, als meine Eigenwilligkeit interpretieren, die einem nichtdeutschen Autor nicht zusteht: ›jäsige Wunden‹ (Rilke), das Adjektiv ›hausmachern‹ (Arno Schmidt), oder weniger gebräuchliche Konjunktivformen: ›er löge‹ statt des üblichen ›er würde lügen‹. Oft habe ich Lust, Karl Kraus' Vorschlag ›er häbe‹ auszuprobieren.

Wenn Arno Schmidt schreibt: »der schneeweiße Spitz ... boll sehr« (die Germanisten sollen nachschlagen, wo), wird es als innovativ, witzig, originell ästimiert. Wenn ich so etwas versuchte, würde es heißen: Die Ausländerin kann nicht einmal Deutsch.

Bei meinem ersten Buch, das von einer Vergewaltigung handelt und das ohnehin sperrig ist, machte mir ein Verlag den Vorschlag, ein deutsches Pseudonym anzunehmen, sie würden mein Manuskript herausbringen. Ich habe abgelehnt und wartete dann auf die Drucklegung fünf Jahre. Wäre ich einverstanden gewesen, hätte ich künftig, mit einem deutschen Namen, auch unbehelligt schreiben können: »Der Hund boll«.

Ich freue mich über die Anerkennung, die der Adelbert-von-Chamisso-Preis darstellt und darüber, daß er mir hilft, für die Landschaft, die mir am Herzen liegt und die zerstört ist, etwas zu tun.

Dem grenzüberschreitenden Forschungsdrang Chamissos/Peter Schlemihls zur Erfassung aller Florenreiche sollte ein nicht minder intensiver Zug zur Restitution, zur Rettung dieser Floren folgen. Am besten in Chamissos Richtung, von West nach Ost, von Frankreich nach Germanien, von Deutschland nach Böhmen, dort muß etwas geschehen.

Den Weg ostwärts, von Frankreich nach Deutschland, den Chamisso als Intellektueller und Schriftsteller eingeschlagen hat, möchte ich in seinem Namen und mit Hilfe seines Preises verlängern und die Preissumme einem Fonds zur Rettung der Wälder in der Tschechoslowakei überweisen.

In Verbundenheit mit Deutschland und mit seiner Literatur schlage ich dafür den Namen »Kritische Wälder« – »Kritické lesy« vor, nach Herder, der in seinen »Ideen« die innereuropäischen Grenzen außer acht gelassen hat.

Dieser Fonds ist bei der tschechoslowakischen Botschaft in der Bundesrepublik eingerichtet und steht allen offen, die helfen wollen, auch meinen deutschen Kollegen.

Ich danke der Jury, daß sie mir mit ihrer Entscheidung ermöglicht hat, diesen Schritt öffentlich zu tun, denn die Wälder und die durch Krieg und im Frieden zerstörte Natur brauchen die kritische Aufmerksamkeit der Öffentlichkeit.

In Zeiten, wo Literatur im allgemeinen Rumor leiser wird und kaum vernehmbar, haben die Schriftsteller noch eine Stimme als Bürger.

Februar 1991

Zu Milena Jesenská

I. Reportagen

Milena Jesenská nannte Kafka Frank. Franz hat im Tschechischen, genauso wie Eberhard oder Friedrich, einen befremdlich lächerlichen Klang. In der Umgangssprache sind die zahlreich erhaltenen und verdrehten Deutsch-Brocken von eigenartiger Vulgarität.

Kafka bat Milena, sie möge ihm tschechisch schreiben, »weil doch nur dort die ganze Milena ist«, und auch die Feuilletons schicken. »Mögen sie schäbig sein, Sie haben sich auch durch die Schäbigkeit der Geschichte durchgelesen.«

Er meint eine weitere Geschichte, die sie von ihm übersetzen wollte. Vorangegangen war »Der Heizer«, die erste Übersetzung Kafkas in eine fremde Sprache, im April 1920. In dieser Zeit liegen auch die Anfänge der feuilletonistischen Arbeit von Milena Jesenská.

Es gibt eine Biographie von ihrer Tochter Jana Černá unter dem Titel »Adressat«. Am Anfang steht: »Das einzige, das man mir von Milena ausgehändigt hat, ist ein Zahn.« Möglicherweise ist das nicht der genaue Wortlaut, ich habe das Buch vor Jahren für ein paar Stunden in der Hand gehabt. Ich habe selten ein schlechter geschriebenes und packenderes Buch gelesen. Als ich später danach suchte, um es zu übersetzen, traf ich auf eine kollektive Amnesie. Es war mitten in der »Normalisierung« nach der russischen Okkupation 1968.

Statt dessen sollte auf Umwegen ein Erinnerungsbuch ihrer Freundin Miroslava Vondráčková in Kafkas deutschem Verlag publiziert werden. Nach Jahren Bedenkzeit hat der Verlag noch ein Gutachten eingeholt, das dem umfangreichen Manuskript attestierte: »Keine nennenswerte Bedeutung in bezug auf Kafka.« Milena Jesenská spielte bei den Überlegungen für eine Publikation keine Rolle.

Inzwischen finde ich Bilder, die zu dieser jahrelangen Arbeit einer Achtzigjährigen gehören, verstreut in Buchausgaben und Berichten, Zitate aus dem Manuskript in Reportagen – über Kafka, nicht über Jesenská. Meist ohne Quellenangabe, während die Erwerber »privater Archive« ihre Copyrights hüten. Ohne die Generosität der tschechischen Seite – Philologen, Enthusiasten, die dort nicht zu Wort kommen durften – wären diese Archive der Prager deutschen Literatur im Westen nicht zustande gekommen.

An dem Satz von Jana Černá befremdet der Zahn und daß sie von ihrer Mutter als Milena spricht. Es mag sich aus einer vertraulichen, kameradschaftlichen Beziehung zwischen Tochter und Mutter ergeben haben, bei Milena Jesenskás Spontaneität gut vorstellbar. Es könnte aber auch ein Zugeständnis an den Leser sein, der weiß, daß intime Freundinnen bedeutender Männer mit Vornamen, die Titanen selber mit Nachnamen genannt werden.

Die Biographie der Tochter ist nicht übersetzt worden, bisher nicht auffindbar, das Konvolut der Freundin liegt unredigiert in Prag. Was ist, außer den Zeugnissen von Margarete Buber-Neumann und einigen Zeitgenossen über sie, von ihr geblieben? Geblieben sind ihre Feuilletons und Reportagen.

Der erste Teil der Auswahl »Alles ist Leben«, im Verlag Neue Kritik erschienen, enthält die Arbeiten zwischen 1919 und 1933. Man sucht unwillkürlich nach Hinweisen auf das Verhältnis zu Kafka und findet sie: »Unsere Ehemänner betrügen uns, ohne Abschaum der menschlichen Gesellschaft zu sein, und unsere Liebhaber sind ganz gewöhnliche Beamte, Kaufleute,

Minister, Schauspieler, keine verführerischen und unwiderstehlichen Schurken.« (In: ›Tribuna‹, 15. 1. 1920)

Das Datum zeigt, daß das Feuilleton vor dem persönlichen Treffen mit Kafka geschrieben wurde. Später lese ich: »Ich kenne einen Mann, der lungenkrank ist. Er ist groß, mager, sein Gesicht ist kantig, scharfgeschnitten, schön, böse und herzensgut. Der Mann erzählte von seiner Krankheit: ›Als Herz und Hirn nicht mehr das Leiden aushielten, sahen sie sich nach etwas um, was sie retten könnte, und da meldete sich die Lunge.‹«

Ich komme mir wie bei einer Indiskretion ertappt vor, zumal der Rahmen dieser privaten Mitteilung eine allgemeine Reflexion über die Schönheit der Welt ist, einer der schnellen Texte, die Jesenská zu dieser Zeit mit Leichtigkeit produzierte, meist unter dem Pseudonym A. X. Nessey. Causerie ist eine Form des Feuilletons; Jesenskás Stärke ist sie nicht. Der plauderhafte Beitrag »Meine Freundin« hat aber in der Erwähnung ihres Selbstmordversuches als Hinweis auf ihre existentielle Not eine bedrückende Wirkung.

Sie kann ihr Talent entfalten, wo sie über konkrete Gegenstände und Mißstände berichtet. Wenn sie z. B. über den »Fall Georg Kaiser« schreibt – der europaweit aufgeführte Dramatiker lebte trotz seines Ruhms mit seiner Frau und drei Kindern am Rande der Existenznot; wegen Diebstahls wurde er zu einem Jahr Gefängnis verurteilt. Ihr Bericht erinnert, auch in ihrer Empörung über journalistische Infamien, an Karl Kraus: »Manchmal scheint mir, daß sich die Menschen für jedes böse wie für jedes gute Wort, das sie einem Verbrecher schenken, schämen sollten. *Beides* schließt aus der menschlichen Gesellschaft aus.«

Ihre zunehmende Leidenschaft nach anfänglichem Mißtrauen ist das Kino. Ihr Vergleich zwischen der amerikanischen Technik und der deutschen Psychologie in Filmen geht aus zugunsten der ersten schwedischen Kunstfilme.

Die Feuilletons am Ende des ersten Teils (1919 bis 1933) werden dichter und informativer, die Aussagen kritischer: über die Zensur, über die Notwendigkeit eines legalen Schwangerschaftsabbruchs für die Mittellosen. »Ich bin vierzig Jahre. Vor drei Jahren habe ich das achtzehnte Kind bekommen. Noch eines will ich nicht haben ... Der Arzt redet mir zu, ich soll nicht weinen, übers Jahr werde ich ein anderes haben ... Er versteht nicht, daß ich über die überflüssigen Schmerzen weine, die ich für den Totengräber dulde. ... Eine Frau mit Kindern müßte Ruhe und gute Ernährung haben, damit sie schnell zu Kräften kommt. Und ärztliche Beratung, wie sie sich vor einer Schwangerschaft schützen kann. Das ist die Sehnsucht aller Unglücklichen wie ich. Doch im kapitalistischen System werden wir das nicht mehr erleben, deshalb kämpfe ich gegen das System.« (»Ein Aufschrei. § 144. Umfrage über den Abtreibungsparagraphen«, in: ›Tvorba‹, 23. 4. 1931) Zu dieser Zeit ist Jesenská Mitglied der KP. Nach der Rückkehr einiger Freunde aus der Sowjetunion, darunter ihr zweiter Mann, der Architekt Jaromír Krejcar, sieht sie das Paradies des Weltproletariats mit anderen Augen.

In dem Bericht über die Internationale Werkbund-Ausstellung 1927, in dem sie mit Sicherheit die zwei besten Entwürfe heraushebt, von Corbusier und Gropius, notiert sie zu Deutschland: »Unwillkürlich fragt man sich, warum dieses Land, das den Krieg verloren und seine Währung wieder auf eine solche Höhe gebracht hat, dieses Land, das dieses Jahr imstande war, vier Ausstellungen mit einem so hohen kulturellen Niveau zu veranstalten, daß sie alle Welt fesselten und Besucher aus ganz Europa anlockten (›Internationale Musik‹ in Frankfurt, ›Theaterkunst‹ in Magdeburg, die Buchausstellung in Leipzig und ›Modernes Wohnen‹ in Stuttgart), warum dieses Land von so erstaunlicher Tüchtigkeit, ein Land mit Sinn für Anordnungen und Verbote, so schrecklich unangenehm, grau und traurig ist, trotz des Lobes, das wir ihm zollen müssen?« (›Národní Listy‹, 23. 10. 1927)

Ihr Nachruf auf Franz Kafka ist nüchtern und voll Trauer. »Er kannte die Welt auf ungewöhnliche und tiefe Weise, war selber eine ungewöhnliche und tiefe Welt. Er schrieb Bücher, die zum Bedeutendsten der jungen deutschen Literatur gehören.« (6.6. 1924)

Die Reportagen des zweiten Teils (1937-1939) sind der qualitative Höhepunkt ihrer Arbeit und der Sammlung. Sie erfassen die Krisenzeit vor dem Weltkrieg und die Schicksale deutscher Immigranten in der Tschechoslowakei in einem Augenblick, da das Land selbst politisch unter Druck gesetzt war und immer weniger helfen konnte. Milena Jesenská plädiert für Schutz und Achtung für Deutsche in den Grenzgebieten, die nicht mit der Henlein-Partei gingen und deshalb besonders leicht zu Opfern politischer, ökonomischer und nationaler Mißhandlungen wurden. »Wenn wir die hiesigen Deutschen als deutsche Bürger der tschechoslowakischen Republik betrachten ... *(Sieben Zeilen zensiert)* Denn diese Deutschen lieben ihre Muttersprache, und ich sehe keinen Grund, weshalb wir das nicht achten sollten. Sie sind Deutsche, aber keine Nazis.« (›Přítomnost‹, 1.6. 1938)

Nach diesem Satz sind weitere dreißig Zeilen von der tschechischen Zensur getilgt worden.

Sie schreibt über »Lynchjustiz in Europa«, über vertriebene Juden und deutsche Sozialdemokraten, für die sie mit ihren Artikeln und ihrem persönlichen Einsatz mehr geleistet hat als gleichgesonnene Politiker.

Ihre Recherchen sind engagiert und genau, ihre

Analysen in Betrieben der Grenzgebiete erinnern an die arbeitstechnischen Untersuchungen Kafkas an den gleichen Orten in Nordböhmen. Gleichzeitig registriert sie den politischen Sprachwandel: »Es ist interessant, daß dieses moderne Deutsch und seine neuen deutschen Worte sich einfach *nicht* in unsere Sprache übersetzen *lassen*. Ihre Neuschöpfung ist so eng mit der nationalsozialistischen Ideologie verbunden, daß es keinerlei Analogie dafür in der Sprache gibt, die nicht von dieser Ideologie durchdrungen ist. Übersetzen Sie zum Beispiel einmal ›jüdisch Versippte‹, wenn es in Ihrem Land keinen Arierparagraphen gibt! –«

Am 1. Februar 1939, vier Monate nach dem Münchner Abkommen, verabschiedet sie Jules Romains, der den Münchner Verrat als national notwendige Politik zu vertreten versuchte und den Tschechen für ihre Aufopferung für den europäischen Frieden anerkennend auf die Schulter klopft: »Sie sprechen von der Moral meines Volkes und von der des französischen Volkes. ... In jenen Septembertagen sind die Unsrigen eingerückt und zum Teil auch die Eurigen. Keiner von uns wollte sterben. Wir sind tapfer und selbstverständlich angetreten wie auch ihr. Als wir jedoch, ohne gekämpft zu haben, zurückkehrten, habt ihr gelacht und gejubelt – wir aber haben geweint. Ihr habt gejubelt, daß es euch erlaubt war zu leben. Vielleicht hat jemand dafür Verständnis. Nur nicht wir – weil wir weinten, daß es uns verwehrt wurde, zu sterben – *für unsere gemeinsame Sache,* die tschechische und französische, Meister.« (›Přítomnost, 1. 2. 1939)

Gegen die Besserwisserei des Radio Komintern, das man zweimal in der Woche empfangen konnte und das der um ein Drittel verkleinerten und erpreßten Republik unterlassene Hilfeleistung an Flüchtlingen und jüdischen Auswanderern vorwirft, erinnert sie 1939 an das Schicksal politischer Emigranten in der Sowjetunion: »Eine große Anzahl von ihnen wurde verhaftet, viele als Gefangene nach Sibirien oder in die großen Industriegebiete geschickt. An dieser Stelle wäre die Überlegung am Platze, mit welchen Kräften eigentlich die sowjetischen Großbauten verwirklicht werden, die Staudämme, die Talsperren und die Kanäle?

– ... Wenn man versucht zu erfahren, was von den deutschen Emigranten, die in der Sowjetunion Zuflucht gesucht hatten, eigentlich übrigblieb, kommt man dahinter, daß die Knochen der meisten deutschen Kommunisten vor Madrid liegen.« (›Přítomnost‹, 8. 3. 1939)

»Politische Artikel soll man schreiben wie Liebesbriefe«, notiert sie. Ihre Liebesbriefe an Kafka sind nicht erhalten, aber ihre politischen Artikel geben von ihr Zeugnis.

Januar 1985

II. Biographie

Ein Jahr nach den Feuilletons und Reportagen Milena Jesenskás erschien im selben Verlag ihre Biographie von ihrer Tochter Jana Černá.

Das tschechische Original wurde 1969 in einer Auflage von 1000 Stück in Prag herausgegeben und ist vermutlich nie auf die Ladentische gelangt. Unter Eingeweihten wußte man Bescheid, ganz wenige haben es zu sehen bekommen: ein kleines Buch in sperrigem Format, breit, kursiv gedruckt, als ginge es um lauter Anmerkungen oder als möchte es der Verlag als privatharmlose Handschrift tarnen.

Was zwischen den Einbanddeckeln stand, war von einiger Brisanz. Zwar hatten die Tschechen nach dem August 1968 noch ein Jahr Narrenfreiheit – bis sich genügend Bürger mit der neuen Situation arrangiert hatten und der ›Normalisierungsprozeß‹ einsetzte. In diese Zeit fallen die interessantesten Publikationen – die Buchprojekte von 67/68 laufen noch aus. Aber Milena Jesenská ist auch in dem Reformprozeß der sechziger Jahre, als Kafka bereits potentiell Seminarlektüre war, nie ganz akzeptiert worden. Der Haß, dem sie in ihren letzten Jahren von ihren Mitgefangenen, Kommunistinnen im KZ Ravensbrück, ausgesetzt war, weil sie sich mit der verfemten Margarete Buber-Neumann solidarisiert hatte und bereits vor dem Krieg als engagierte Journalistin, selbst Kommunistin, die Stalin-Verbrechen öffentlich verurteilte, verfolgte sie über ihren Tod hinaus. Noch fünfundzwanzig Jahre später wagt es ihre Tochter nicht, die Namen der vielen Freunde zu nennen, die von ihr auch nach dem Krieg gut sprachen – »denn bis heute ist man nicht ganz sicher, ob es kein Makel in der Personalakte ist, im Zusammenhang mit Milena Jesenská genannt zu werden«. Dieser Satz steht als bitteres Fazit am Ende des Buchs – keine Tabelle, die eine Übersicht erleichtern würde.

Daten sparsam gestreut, die letzten Freunde namenlos, auch die Frau, die der Tochter aus Ravensbrück einen Zahn von Milena brachte – die geringe Systematik, der sprunghafte Stil, eine Chronologie, die auf ad hoc erinnerten Episoden basiert, tragen noch indirekt, über die Tochter, zum Verständnis von Milenas Charakter bei. An mehreren Stellen erinnert der Ton Jana Černás an die Betrachtungen Milena Jesenskás, als sie inmitten von Depressionen, aus der Not ihrer Ehe und ihrer Vereinsamung in Wien zu schreiben beginnt. Die gleiche Mühe um Distanziertheit, wenn sie die Kränkungen aufzeichnet, mit denen Milena Jesenská von Kind an konfrontiert war.

Der jähzornige Vater, der dem zweitgeborenen Sohn die Amme verweigert, obwohl die Mutter nicht stillen konnte – »entweder er schafft es oder er schafft es nicht«

(er schaffte es nicht). Die bettlägrige Ehefrau, die ihm mit ihrer Mitgift die Zahnarztpraxis ermöglicht hat, wird auch dafür gehaßt. Augenblicke der Zärtlichkeit sind rar und gelten eigentlich nicht ihr. Der Veilchenstrauß, den er ihr einmal ans Bett bringt – an dem sie den ganzen Tag glücklich riecht –, wird am Abend für die angekommene Geliebte wieder weggenommen. In dieser Atmosphäre wächst Milena auf; sie versorgt ihre kranke Mutter bis zum Tod. Noch bis zu ihrer Verhaftung durch die Gestapo wacht sie jede Nacht um die Zeit auf, wo die Mutter ihre Arznei einnehmen mußte.

Von ihrem Vater in eine Irrenanstalt eingesperrt, damit sie sich mit dem »Kaffeehausjuden« Ernst Pollack nicht mehr trifft, flieht sie nachts unter dramatischen Umständen zu ihm – die Radikalität der Maßnahmen hat das Temperament der Tochter entsprechend gefördert.

Professor Jesenský kann es bei seinem Chauvinismus nicht verwinden, daß seine Tochter ausgerechnet für Juden und Deutsche soviel Sympathie hat. Sie heiratet Pollack und geht mit ihm nach Wien, ernährt ihn – ihr Koffertragen auf dem Wiener Westbahnhof ist legendär geworden, auch daß sie in einer Familie, wo sie Tschechisch unterrichtete, Schmuck gestohlen hatte, um vor ihrem Mann abends im Café wieder einmal schön und elegant zu erscheinen. (Danach hat sie ihn geohrfeigt und sich angezeigt; der Vater half, diesmal und eigentlich immer.) Aus ihrer Misere, aus der sie finanziell und psychisch keinen Ausweg sieht – Pollack bringt auch noch seine Geliebte nach Hause, sie versorgt eine Zeitlang alle drei –, fängt sie an zu schreiben.

»Sie hatte ihren Beruf mit geradezu hellseherischer Sicherheit gewählt ... Denn das Journalistische entsprach ihr in jeder Hinsicht, Milena brauchte den unmittelbaren Kontakt zum Leser, und sie mußte aktiv in die Geschehnisse eingreifen.«

Dieser Beruf hat sie auch mit Kafka zusammengebracht.

Die Tochter schreibt von ihrer Mutter mit kameradschaftlicher Sympathie, als wäre sie die Ältere, die Verantwortliche. Wie an jenem Tag, als sich Milena entschlossen hatte, einen Morphiumentzug ohne Arzt zu schaffen und nach einer Woche an der verschlossenen Tür bettelte, Jana, damals elfjährig, müsse ihr sofort ihr Dicodit besorgen, sonst würde sie aus dem Fenster springen. (Das ist nicht nur eine Redensart im Tschechischen – die Prager *Defenestrationen* haben eine lange, bis jüngst fortgeführte Tradition.)

Acht Jahre zog sich der Morphinismus hin – eine Folge ihres Ski-Unfalls während der Schwangerschaft; eine unmittelbare Folge war ein lahmes Knie, zeitlebens; eine weitere, daß sie dick wurde. Ihre zweite Ehe, mit dem Bauhaus-Architekten Jaromír Krejcar, ging in die Brüche. Sie schrieb weiter.

Ihre Leidenschaft war das Kino. Nach den Grotesken um 14 Uhr ging sie mit Jana noch in den nächsten Film, die 18- und 20-Uhr-Vorstellungen sah sie sich allein an.

Auf sich selbst zu achten verstand sie nicht, sie konnte nur andere retten. Als ihr anarchistischer Freund Graf Zedtwitz begann, in seinem ratternden Ford-Zweisitzer die Bedrohten von ihrer Wohnung aus außer Landes zu schaffen, gab es Schwierigkeiten. »Jochi war schon von weitem auffällig, laut wie eine Horde aufgescheuchter Paviane. Mit einem solchen Getöse, mit dem Leute von uns aus losfuhren, um illegal über die Grenze zu gelangen, fuhr nicht einmal der Kaiser zur Jagd«, schreibt ihre Tochter.

Als Joachim Zedtwitz einmal einen jüdischen Intellektuellen transportierte und von der Kontrolle zurückgewiesen wurde, geriet der Flüchtling in Panik.

Zurück in Milenas Wohnung, schrie er, sie sollten ihn zur Gestapo gehen lassen, wenn er sich selbst anzeigte, würde man es ihm als erleichternden Umstand anrechnen. (In der deutschen Übersetzung steht fatal falsch: Milena würde ihn anzeigen!) Milena hatte in ihn einige Phanodorms und Sedormits reingestopft (deutsch wieder schlicht: Schlaf- und Beruhigungstabletten) und mußte anschließend Jochi dämpfen, der wie ein Löwe im Käfig durchs Zimmer rannte und verbissen wütete: »Es ist ganz schlicht, ich sage ihm einfach, daß wir zur Gestapo fahren, bringe ihn irgendwohin in den Wald, und in einem Straßengraben erschieße ich ihn wie einen Pinscher. Ich bin nun einmal Bürger des Dritten Reichs, sie werden mich doch nicht einsperren, weil ich einen Juden abgemacht habe. Wegen eines Hosenscheißers lassen wir uns nicht einen Weg kaputtmachen, auf dem Moses nach und nach sein ganzes Volk ins Gelobte Land führen könnte!« (Lubitsch: ›To Be or Not to Be‹ läßt grüßen – vier Jahre später; zumal damals, vor dem 1. September 1939, das Gelobte Land, wohin Milena und ihre Freunde Flüchtlinge brachten, noch Polen war.)

Milena Jesenskás Verhaftung war die Folge ihrer Sorglosigkeit. Sie hätte fliehen können, wie sie es auch ihrem Vater versprochen hatte; aber was dem Vater nicht gelang, erreichten die Deutschen: sie wurde Patriotin, sie mochte das Land nicht mehr verlassen, sie schrieb weiter – in ›Přítomnost‹ (Gegenwart), in der illegalen Zeitschrift ›V boj‹ (In den Kampf).

Margarete Buber-Neumann berichtet, wie sie ihr Kopftuch herunterriß und ihr winkte, als alle im Appell stehen sollten; daß sie im KZ sang, wenn die Sonne kam.

Sie war ein freier Mensch, »ein lebendiges Feuer« – nicht nur für Kafka.

März 1986

Böhmen am Meer

Sind hierorts Häuser grün, tret ich noch in ein Haus.
Sind hier die Brücken heil, geh ich auf gutem Grund.
Ist Liebesmüh in alle Zeit verloren, verlier ich sie hier gern.

Bin ich's nicht, ist es einer, der ist so gut wie ich.

Grenzt hier ein Wort an mich, so laß ich's grenzen.
Liegt Böhmen noch am Meer, glaub ich den Meeren wieder.
Und glaub ich noch ans Meer, so hoffe ich auf Land.

Bin ich's, so ist's ein jeder, der ist soviel wie ich.
Ich will nichts mehr für mich. Ich will zugrunde gehn.

Zugrund – das heißt zum Meer, dort find ich Böhmen
wieder.
Zugrund gerichtet, wach ich ruhig auf.
Von Grund auf weiß ich jetzt, und ich bin unverloren.

Kommt her, ihr Böhmen alle, Seefahrer, Hafenhuren und
Schiffe
unverankert. Wollt ihr nicht böhmisch sein, Illyrer,
Veroneser,
und Venezianer alle. Spielt die Komödien, die lachen
machen

Und die zum Weinen sind. Und irrt euch hundertmal,
wie ich mich irrte und Proben nie bestand,
doch hab ich sie bestanden, ein um das andre Mal.

Wie Böhmen sie bestand und eines schönen Tags
ans Meer begnadigt wurde und jetzt am Wasser liegt.

Ich grenz noch an ein Wort und an ein andres Land,
ich grenz, wie wenig auch, an alles immer mehr,

ein Böhme, ein Vagant, der nichts hat, den nichts hält,
begabt nur noch, vom Meer, das strittig ist, Land
meiner Wahl zu sehen.

Ingeborg Bachmanns Gedicht ›Böhmen liegt am Meer‹ entstand 1964. Vier Jahre später hätte ich feststellen können, daß das Gedicht eine Aktualität aufweist, die ich ihm im Jahre seines Entstehens nicht hätte einräumen können. Aber ich kannte es auch 1968 noch nicht. Dafür erlebte ich ein Land, ein Böhmen, das nicht mehr am Meer lag – die Armeen kamen und rückten es dorthin, wohin es gehören sollte, an den Rand der Steppe.

Sie betritt die ersten Zeilen unsicher, umsichtig wie ein Wildtier, das sich erst mit der Nase und mit einer Pfote vergewissert, ob der Boden trägt.

Sind hierorts Häuser grün, tret ich noch in ein Haus.

Ein Nachttier, rar, äußerst rar.

Das Sichern der ersten Zeilen ist nötig, erst dann gibt es weitere Schritte hauseinwärts. Über Brücken gar, falls sie heil sind. – Dann *geh ich auf gutem Grund.*

Ich lese automatisch ›aus gutem Grund‹.

Später verstehe ich ›auf festem Grund‹.

Äußerst labil, die ganze weibliche Erscheinung.

Sie ist auch bereit, ihren Preis zu zahlen. So kann sie sich kleinmachen, sich weismachen, daß jeder andere so gut wie sie ist.

Bin ich's, so ist's ein jeder, der ist so gut wie *tot*. Nein, wie ›ich‹.

›ich/tot‹ überkommt mich wie ›aus gutem Grund‹. Sie liefert selbst die Gründe für ihre Zerstörung.

Zurück: Böhmen am Meer. Daß Shakespeare es wußte, überrascht mich nicht. Aber wenn eine vom Kontinent es sagt, dann gehört es zu den dringlichen Verbesserungen von Mitteleuropa.

Das Gedicht teilt sich in zehn Abschnitte mit insgesamt 24 Zeilen. Der Aufbau ist dieser: 3, 1, 3, 2, 3, 3, 3, 2, 2, 2.

Die ersten drei Verse sind eine Beschwörung, Konditionalbestimmung, ohne die herkömmlichen Konjunktionen ›wenn, dann‹.

Ingeborg Bachmann vergewissert sich, daß alles so ist, wie sie es braucht, um ein Gedicht von dieser ausschließenden Wahl zu schreiben:

Sind hierorts Häuser grün, tret ich noch in ein Haus.
Sind hier die Brücken heil, geh ich auf gutem Grund.
Ist Liebesmüh in alle Zeit verloren, verlier ich sie hier gern.

Sie ist auch bereit, sich selbst dabei zu verlieren:

Bin ich's nicht, ist es einer, der ist so gut wie ich.

Und gleichzeitig konstruiert sie Bedingungen, um den Raum zu halten:

Grenzt hier ein Wort an mich, so laß ich's grenzen.
Liegt Böhmen noch am Meer, glaub ich den Meeren wieder.
Und glaub ich noch ans Meer, so hoffe ich auf Land.

Weiter hat sie keine Ansprüche:

Bin ich's, so ist's ein jeder, der ist soviel wie ich.
Ich will nichts mehr für mich. Ich will zugrunde gehn.

Wenn man sich erniedrigt hat, flach gelegt, ohne Ecken und ohne Hügel – einen Geschlechtsunterschied gibt es nicht –, erblickt man das Ziel:

Zugrund – das heißt zum Meer, dort find ich Böhmen wieder.
Zugrund gerichtet, wach ich ruhig auf.
Von Grund auf weiß ich jetzt, und ich bin unverloren.

Damit endet die Exposition des Gedichts, die Bedingungen sind gestellt – an sich selbst, an Böhmen. Einebnung ist die Lösung. Auf die Höhe des Meeresspiegels, 0.0. über dem Meer. Nicht auf die Ebene der Steppe, dorthin, wo sich das gebirgige Böhmen nie befand.

Ein Merkmal dieses Gedichtes ist, daß die Häufung der Absagen, des Aufgebens nicht als Leiden erscheint. Die Qual ist komplizierter.

Bin ich's nicht, ist es einer, der ist so gut wie ich – der ist so gut wie tot.

Die zweite Ebene, auf der das Gedicht gelesen wird, ist unwillkürlich ständig hörbar, mitzudenken, wo der Text mit den unausgesprochenen, mitgelesenen Bedeutungen kollidiert: so gut wie ich/so gut wie tot, unverankert, unverloren.

Es ist der Zustand nach einer Katastrophe, nach einer Erschütterung, die einen Erdrutsch auslöste, das noch unlängst durch Wälder geschützte Land bis auf den Grund, ans Meer gleiten ließ.

Nach soviel Selbstaufgabe kann es einem nur noch gutgehen. Übermut:

Kommt her, ihr Böhmen alle, Seefahrer, Hafenhuren und Schiffe
unverankert. Wollt ihr nicht böhmisch sein, Illyrer, Veroneser,
und Venezianer alle. Spielt die Komödien, die lachen machen

Und die zum Weinen sind. Und irrt euch hundertmal,
wie ich mich irrte und Proben nie bestand,
doch hab ich sie bestanden, ein um das andre Mal.

Neben der Fatalität der Selbstaufgabe ist auch Heiterkeit spürbar, ›böhmisch‹ als Synonym für losgelöst, ungeschützt, unverankert. – Fahrendes Volk, Komödianten. Kafkas Kunstreiterin, aber nur die erste, die abgemagerte. Böhmen als Verheißung der Ungebundenheit, wo man nicht geprüft wird und doch besteht.

doch hab ich sie bestanden, ein um das andre Mal.

Der trotzige Ton ist auch eine Art Beschwörung. Welche Proben? Das Doktorat über Heidegger, das Stipendium in Harvard, mit Kissinger und anderen illustren Graduierten vor der Kamera auf dem Campus der Universität? Und ihre immer zu hohen, unbequemen Absätze, die weibliche Schüchternheit, die ihre Intelligenz gleichzeitig entschuldigen sollte? – Oder bestand die Prüfung darin, sich gehenzulassen, austauschbar zu sein, sich totzustellen? In der jovialen Umarmung des Verlegers, der auch bei allem dabeisein wollte und vor nichts zurückschreckte. Die Fotografien sprechen Bände, die falschen.

Die so schwer bestandenen Proben.
Jetzt wird es ernst:

Wie Böhmen sie bestand und eines schönen Tags
ans Meer begnadigt wurde und jetzt am Wasser liegt.

Ich grenz noch an ein Wort und an ein andres Land,
ich grenz, wie wenig auch, an alles immer mehr,

ein Böhme, ein Vagant, der nichts hat, den nichts hält,
begabt nur noch, vom Meer, das strittig ist, Land meiner Wahl
zu sehen.

Am Anfang war noch die Rede von der Möglichkeit, ein Haus zu betreten. Wenn es ihr grün ist.

Am Ende bleibt sie ein dahintreibendes Floß, eine schwimmende Insel im Meer der Einsamkeit. Böhmen als Hoffnung am Horizont, unerreichbar. Aber auch kein festes Ufer für die Harvard-Absolventen; das ist tröstlich.

Das kann ich verstehen, auf mich beziehen sich die letzten Zeilen im wörtlichen Sinne:

ein Böhme, ein Vagant, der nichts hat, den nichts hält,
begabt nur noch, vom Meer, das strittig ist, Land meiner Wahl
zu sehen.

Eine andere, versöhnlichere Variante der Auslegung:

Shakespeare hat Böhmen ans Meer versetzt, durch die Kraft seines Nichtwissens und seiner Poesie. Die Spur ist im Gedicht durchgängig: Illyrer, Veroneser, Venezianer alle, die böhmisch sind und Komödien spielen wollen. Die verlorene Liebesmüh schreckt nicht ab.

Für die Welt der Verankerten, Abgesicherten ist die Dichterin verloren, solange sie noch an ein Wort grenzt, und an ein Land, das Land der Worte, der Literatur.

Selbstaufgabe, Demut, Hochmut sind der Preis für Kunst. Böhmen am Meer ist das unerreichbare Reich der Poesie am Horizont, das in raren Momenten gesichtet wird und von einigen wenigen auch betreten werden kann, dauerhaft zu bewohnen nur um den Preis der Fortgabe. Das strittige Meer, das zwischen der Dichterin und dem Land ihrer Wahl liegt, ist das labile Dasein mit dem Harvard-Lächeln und den zu hohen Absätzen, die sie aber immer wieder als Stütze brauchte.

Februar 1988

Der gute Geschmack und Ladislav Klíma

März, April 53. Wir hocken in einem Loch, einem Lagerraum, dessen Fenster in einen Lichtschacht führen, auf dem Fußboden Kacheln, in der Wand sechzehn Kaminausgänge, hinter denen sich der Ruß des Hauses staut; die Wohnungen der normalen Mieter fangen ein Stockwerk höher an. Wir sind aus Karlsbad nach Prag zurückgekehrt, eine Familie mit vier Kindern; die Mutter sprachlos, auch für uns Kinder hat das Abenteuer Grenzen, nach der langen Fahrt sind wir müde und frieren.

Der Vater auch seltsam schweigsam, versucht nicht einmal, es wieder zu rechtfertigen – es gab keine andere Wohnung auf die Schnelle in Prag, wir werden schon sehen, gleich morgen geht er aufs Wohnungsamt ... Man kann an die Bittgänge des Vaters im »Schloß« denken oder an den alten Marmeladow in »Schuld und Sühne«, ich kannte damals aber weder Kafka noch Dostojevskij.

Statt dessen liegt ein Buch auf dem Blechsims des Fensters, ein Oktavheft, schwarz umrahmt. Ladislav Klíma – »Die Welt als Bewußtsein und Nichts«. Ein Begrüßungsgeschenk des Vorgängers, der für dieses Loch unsere Etagenwohnung im zweiten Stock mit Blick auf die Promenade in Karlsbad bekam?

Später versuche ich darin zu lesen, fange Fetzen auf: »Es scheint uns, daß es scheint, daß etwas ist.« Die Welt als Produkt des Ichs. Was zählt, ist der absolute Wille, das Bewußtsein; Hunger, Kälte sind keine Kategorien. Eine extreme Form des subjektiven Idealismus auf tschechischem Boden. Ich merke, daß ich nachträglich einiges hineininterpretiere; es war weitgehend unverständlich.

Ich weiß nicht, ob der Vormieter ein Zyniker war, ob er das Buch überhaupt gelesen hatte, ob es nur Zufall war. Klíma hätte an der Wohnung wahrscheinlich seine Freude gehabt.

Als wir sie endlich verließen, wurde Klíma mitgenommen.

In seiner »Autobiographie« gibt er Auskunft über seine Lebensweise. »Längere Zeit aß und trank ich nur: rohes Mehl (eventuell eingeweichten Weizen oder Erbsen), rohes Fleisch, rohes Ei, Milch, Zitronen und rohes Gemüse; dabei war ich in idealster Weise gesund – und kein Millionärs-Gourmand kotzte bei seinen Austern und ähnlichem Dreck mit solcher Lust, wie ich mein Kilo rohes Pferdefleisch mit den Zähnen riß ... Sich vor etwas ekeln ... unbekannt. Einmal klaute ich einer Katze die totgebissene Maus und fraß sie auf, so wie sie war, samt Haar und Knochen – als hätte ich einen Knödel verspeist ...«

Menschen kann man u. a. in Katzenliebhaber und Hundeliebhaber einteilen. Aus mehreren Gründen empfinde ich zu Ladislav Klíma eine Affinität: »Meine einzigen Gefährten, die ich liebte, waren Katzen, jede Menge Katzen. Sichtbare Wesen, die ich am meisten liebe, sind Berge, Wolken und Katzen – und wohl doch vielleicht auch Frauen. ... Soldat war ich, trotz siebenfacher Musterung, nie, obgleich ich einer der gesündesten Menschen in ganz Austria war ... – Wer daran glaubt, daß mens sana in corpore sano, kann mich nicht zu den Psychopathen zählen.«

Ladislav Klíma wurde am 22. 8. 1878 in der südböhmischen Stadt Domažlice geboren, der Vater Beamter, ein mäßiger »Wohlstand«. Seit frühester Kindheit Scheu (genauer Abscheu) vor Menschen, allen voran vor der Familie, den Geschwistern und Eltern, da sie ihm zu nahe standen. Von früh an eigenwillig, mit starkem Interesse an Philosophie. Mit siebzehn von allen zisleithanischen Lehranstalten ausgeschlossen, weil er die Habsburger in einer Schularbeit eine »Schweinedynastie« genannt hatte. Ein Semester verbrachte er noch an einem Gymnasium im transleithanischen Zagreb, danach zurück nach Böhmen, »entschlossen, keine Schule mehr zu betreten und keinen Beruf je auszuüben«.

In Zagreb machte er die Bekanntschaft mit der Philosophie Nietzsches und Schopenhauers, dem sein Erstling »Die Welt als Bewußtsein und Nichts«, 1904 anonym veröffentlicht, wesentliche Impulse verdankt. – Die Ausgabe auf dem Fenstersims in Prag war wohl die zweite Auflage von 1928, im Jahre seines Todes erschienen.

Zwischen 1906 und 1909 entstanden die meisten Prosatexte, darunter »Der große Roman«, mit dem vorläufigen Titel ›Menschliche Tragödie und göttliche Komödie‹, konzipiert in sieben, acht Teilen auf 4000 Seiten, von denen etwa 1000 erhalten sind, in losen, mit Bleistift beschriebenen Blättern; »Der tschechische Roman«, eine Parodie auf die bürgerliche Gesellschaft, die Novelle »Glorreiche Nemesis« und die groteske Schauergeschichte »Die Leiden des Fürsten Sternenhoch«. Dazu Dutzende kürzerer Texte, Entwürfe, Erzählungen, Novellen, von denen die meisten verlorengingen. Später entstanden einige Stücke, »Matěj Poctivý«, »Matthias Ehrlich«, wurde 1922 aufgeführt und nach kurzer Zeit wieder abgesetzt. Das Hauptinteresse Klímas nach 1909 galt der Philosophie. Nach dem Verzehr des Familienerbes mittellos, lebte er ohne Bindungen, nur seinen Gedankenwelten und seinen geistigen Ansprüchen verpflichtet. Über die spärlichen Tätigkeiten, die er nur in äußerster Not und immer nur für kurze Zeit ausübte, gibt seine Autobiographie Aufschluß. 1915 zwei Monate als Führer eines Lokomobils für das Abschöpfen von

Flußwasser, dann: »Über ein Jahr ohne Arbeit, wenn man von den äußerlichen Tätigkeiten das Schreiben und das anhaltende Saufen, vor allem mit dem bewundernswerten Reichsdeutschen F. Böhler, als solche nicht bezeichnen will. Zum ersten Mal im Leben verkehrte ich hier mit bestimmten Leuten – allesamt Deutschen – täglich – sowie später mit Juden. Im November Verwalter in einer kleinen, völlig verlassenen Fabrik. Meine Arbeit beschränkte sich auf dauerndes Trinken. ... Daß ich meiner Verpflichtung nicht nachging, war rechtens, zum Ausgleich dafür, daß ich, obgleich ich viele wertvolle Dinge hätte stehlen und sehr leicht verkaufen können, nichts, ich Tor, gar nichts gestohlen habe, ausgenommen, daß ich eine Flasche Äther aussoff. 1921 ... Es wurde nicht so intensiv getrunken wie mit Böhler, dafür um so extensiver – über Monate täglich bis in den Morgen und länger. (Am intensivsten und extensivsten soff ich aber *immer allein* – damit kein Arschloch irgendwann behaupten kann, X.Y. hätte mich verführt.)« Das klingt ziemlich laut, wichtiger ist dabei die Erwähnung seines Freundes Böhler, mit dem er später einen dadaistischen Roman »Die Wanderung der blinden Schlange zur Wahrheit« deutsch geschrieben hat.

Auch die anderen Kontakte verliefen weniger grob, als Klíma sie schilderte. Von seinen Zeitgenossen und Bewunderern, zu denen der bedeutende Kritiker F. X. Šalda gehörte und der Dichter Otokar Březina, wurde Klíma als ein im täglichen Umgang äußerst feinfühliger, rücksichtsvoller und aufmerksamer Mensch geschätzt. Am liebsten war er allein, Einsamkeit war ihm Bedingung seiner Produktion, seines Denkens. Sein Alkohol- und Tabakkonsum waren exzessiv; seit dem Rauchverbot in den Prager Straßenbahnen legte er die beträchtlichen Entfernungen von einem Ende der Stadt ans andere zu Fuß zurück, zu jeder Jahreszeit.

»– Kein Affekt, der heute zwei Prozent Macht über mich hätte ... – Wünsche, Sehnsüchte, Verlangen habe ich fast keine mehr, – allenfalls die des Augenblicks, doch diese sterben, kaum daß sie geboren wurden; das gilt auch von Sorgen. Bedauern, ›Gewissensbisse‹, Schuldgefühle. Neid, Eifersucht – mir seit jeher völlig unbekannte Dinge; sie eignen offenbar nur dem Vieh; Mitgefühl mit Tieren enorm und blamabel; doch zu neunzig Prozent überwunden; mit Menschen – nahezu gar nicht; aber ich bin nichts weniger als ein Misanthrop, – im Gegenteil: Ich habe die Menschen auf eine besondere Art gern – ähnlich wie die Läuse.«

Als Autodidakt verachtete Klíma die offizielle akademische Philosophie und machte sich über sie lustig. In seinem »Großen Roman« bereitet er seinem Superhelden Fabio, einem Gotteslästerer und Massenmörder, der sich nach dem Gesetz des Stärkeren über die menschliche Moral hinwegsetzt, ein schreckliches Ende. Ein Phantom, sein eigener Schatten besucht den erschöpften Fabio, um ihn aufzuklären:

»›Wird mein Tod schrecklich sein?‹ ›Ja, Herr! ... Du wirst etwas ungeheuer Niedriges und Armseliges werden!‹ ›Eine Kröte? ... Eine Spinne? ... Ein Mistkäfer?‹ ›Etwas noch viel Schlimmeres! ... Du wirst – Professor! ... Professor der Philosophie, namentlich der Moral!‹ Fabio begann wie eine sterbende Hyäne zu schreien ... ›Halts Maul, du Hund!‹ Und er versetzte seinem Schatten eine so schreckliche Ohrfeige, daß dieser zu Boden stürzte. ›Mein Stolz ist dahin! Ich bekenne, daß ich ein Hund bin, ein Hundedreck! Verwende dich für mich bei König Orkus, damit er mich zu einem Hundedreck macht!‹ ›Das wird er, mein Herr. Denn ein Universitätsprofessor der Ethik ist dessen Extrakt.‹ ... Und sein Zwilling lachte laut auf, spuckte ihm ins Gesicht und sagte: ›Wir werden uns nie mehr wiedersehen, Hundedreck! Verrecke, bald, bald! Wie ich mich für dich schäme! Ich habe etwas Besseres verdient, als einen Professor zum Herrn, etwas Besseres, als der Schatten eines Professors der Ethik zu sein – ... pfuj, du Hund! Pfuj, pfuj! Professor, Professor!‹ Bei diesem Wort erbrach er sich auf Fabios leichenblasses Gesicht – und verschwand.«

An dieser Stelle gefällt mir die Vorstellung, daß der eigene Schatten eine Ohrfeige bekommt.

In der Schauergroteske »Die Leiden des Fürsten Sternenhoch« ist der Held entgegen seinem Namen kein Übermensch, sondern ein armer Teufel, der von der Vision seiner ermordeten Frau verfolgt wird. Das Thema findet sich auch in der Novelle »Glorreiche Nemesis«; Tod, Verfolgung, Wahn kehren bei Klíma immer wieder.

Inmitten abgenagter Brüste, Lippen und Ohren (bei »Fabio«), lebendig begrabener Opfer, Szenen von Sodomie, Inzest, Nekrophilie und blasphemischer Tiraden mag der Leser zuerst Mühe haben; die Koprophilie, der Kannibalismus dürften gar unappetitlich anmuten, nur hat der gute Geschmack mit Kunst so wenig zu tun wie die wiederkehrende Sorge der vor Kameras plaudernden Literaturkritiker, sie würden unter ihrem Niveau lachen.

Von gleichen Szenarien bei Poe, de Sade oder in Hans Henny Jahnns Dramen unterscheidet sich Klímas Prosa wohltuend durch ihre Komik. (Nur ein Arno Schmidt kann »Pit and Pendulum« als voyeuristisch motivierten Spaß deuten.)

In der Berliner Edition Sirene ist eine Auswahl von Klímas Texten unter dem Titel »Postmortalien« erschienen; am interessantesten darin seine »Autobiographie«. Der gleiche Verlag hat das Verdienst, bereits 1986 »Die Leiden des Fürsten Sternenhoch« herausgegeben zu haben (als Nachdruck von 1966). In tschechischen Verlagen werden gegenwärtig Klímas verstreute Texte mit einem Eifer auf den Markt gebracht, als lebte man noch in Samisdat-Zeiten und die Menschen wären nach verbotener Literatur ausgehungert.

Wenn der arme wahnsinnige Sternenhoch seine ermordete Gattin trifft – sie ist wieder einmal ganz Gerippe, Totenschädel, nur dünne Haut auf den eitrigen Augen, blaß, schrecklich, beschreibt er ihre Farbe: »Wie ein Wassermann mit Gelbsucht.«

Schön die Audienzen bei Willy, d. h. dem deutschen Kaiser Wilhelm, dessen Günstling und engster Berater der debile Sternenhoch ist. Die immer gute Laune des Kaisers bei seinem Anblick, sein goldiger Sinn für Humor, wenn er ihn einen Kessel voll Bohnen, Kohl, Rüben vertilgen läßt und ihn anschließend um zwanzig Millionen erleichtert. Päderasten als Staatsminister, die sich in Nebenräumen des Palastes verlustieren, und dazwischen der arme Sternenhoch, von seiner Helga-Daimona verfolgt, auf der Suche nach einem Versteck vor ihr, und immer mehr – nach ihr selbst.

Klíma verstand sich niemals als Literat; seine Prosa war nur ein Nebenprodukt seiner Philosophie und diente ihm als Einübung in die spätere »Praxis«. Die Qualität der Texte schwankt entsprechend. Er bezeichnete die Art seines Schreibens als »Rotzen auf alles, was bisher Literatur hieß.« Stellenweise gelangen ihm faszinierende Texte.

Das Verfahren hängt von seiner jeweiligen Verfassung ab. Banalitäten werden transponiert auf eine Metaebene, verklärt zum Nonsens und Dada, Surreales – Träume, Visionen werden eingebaut, es wird entschwebt, erleuchtet, postuliert: ›Ludibrionismus‹ – die Welt als Spiel des freien Willens, ›Deoessenz‹ – das Ich als Gott. Der ganze Schwulst des gotischen Romans philosophisch verbrämt, aber dann bekommt der eigene Schatten eins in die Fresse und das dämonische Gespenst, der Tod selbst, sieht aus wie ein Wassermann mit Gelbsucht. Klíma arbeitet nicht auf Pointen hin, es passiert ihm beim Schreiben, wie nebenbei – ein poetischer Mehrwert.

1910 notiert er, quasi als Nachwort zu seinem literarischen Schaffen: »Die Form des Romans, wie er bis heute geschrieben wird, ist zu eng. Es ist nur eine Frage der Zeit, bis sich eine absolut freie, durch nichts zu bändigende, vom Hohngelächter einer souveränen, göttlichen Skepsis beherrschte Form einfindet.«

1928 starb Ladislav Klíma mit fünfzig Jahren an Tuberkulose.

Seine Werke wurden von Freunden gesammelt: als lose Blätter aus Papierkörben billiger Hotels und aus Öfen von Ziegeleien, wo er gelegentlich übernachtete, unter Tischen von Gasthäusern, oft samt deren Verfasser.

Auch Hašek war der Mittelpunkt von Kneipen und nach ihm Hrabal. Daraus entsteht in Böhmen Literatur, entstand zumindest bis unlängst, solange sich die Tschechen das Bier in ihren eigenen Kneipen noch leisten konnten. Heute sitzen Amerikaner da und vertilgen Hamburger, lassen die Zutaten aus Minnesota einfliegen und üben sich in Dichtung: das bemühte Warten auf neue Fitzgeralds und Hemingways ebbt nicht ab. Von Klíma wissen sie nicht. Kaum von Hrabal.

Für Bohumil Hrabal bedeutet Klíma eine Spitze des fünfzackigen Sternes, den er als seine Poetik vorstellt: Franz Kafka, Jakub Deml, Jaroslav Hašek, Richard Weiner, Ladislav Klíma.

Auf den Spuren von Klíma finden sich auch andere Autoren und ihre Texte; »Der blutige Roman« von Josef Váchal ist eine weitere Kostprobe aus dem Giftschrank der tschechischen Moderne.

Am Ende meines Romans »Die Fassade« tragen die

Werktätigen während der 1.-Mai-Parade ein Transparent mit der Parole: »Wo sind die Gesammelten Werke von Ladislav Klíma?«

Ich bin mir bewußt, daß die Werktätigen die letzten wären, die nach Klíma fragen würden, es sei denn, es waren damals, 1978, als Fensterputzer und Tellerwäscher angestellte Philosophieprofessoren. Und was Klíma von denen hielt, wissen wir.

Dezember 1993

Zwetschgen
Über Deutschland

Meine Beziehungen zu den Deutschen begannen früh. Zunächst über Legenden.

Im Protektorat Böhmen-Mähren hat unser Hund Jarda, ein Foxterrier – die Hinterlassenschaft eines jüdischen Arztes, der mit seiner Familie nach Amerika emigriert war –, eine deutsche Dogge angegriffen, sich an ihrem Hals verbissen und ließ nicht locker. Die Dogge, Besitz eines hohen Gestapomannes, ging zu Boden und verblutete.

Abends schwere Schritte vor der Wohnung der Eltern. Mein Vater sah sich bereits in einem KZ. Der Besitzer der totgebissenen Dogge erschien in der Tür.

Jarda stürzte sich mit protektoratfeindlichem Gekläffe auf den Okkupanten, der nach der verhaßten Dogge roch. Meine Eltern erstarrten. Der Deutsche, mit Jarda am Hosenbein, reagierte, wie es sich für eine Herrenrasse ziemt – anerkennend. Er wollte Jarda unbedingt kaufen – wohl das einzige Wesen, das gegen die Faschisten so offen und vehement wütete.

Meine Eltern, mit Jarda als Argument, konnten schließlich den Tierfreund überzeugen, daß das kein guter Einfall war.

Während der deutschen Besatzung war mein Vater in der Aero-Fabrik in Prag eingesetzt. Fehler bei der Montage, schon ein schräg gebohrtes Loch, konnten Folgen haben. Josef Škvorecký beschreibt seinen eigenen Sabotageversuch, als er in der Fabrik in Náchod in Nordböhmen, wo Teile der Messerschmitt 109 gebaut wurden, Versenkungen für die Befestigungsschrauben der Patronentrommel tiefer bohrte als vorgeschrieben; dadurch würde die Trommel beim Gefecht von der Unterseite des Flügels weggerissen werden. Bei der Kontrolle wurden seine falsch gebohrten Stücke entdeckt, und die Heldentat endete beinah tragisch. Zum Glück konnte es der tschechische Vorarbeiter vertuschen, die Gefahr einer Entdeckung aber blieb. In den Nächten, als der zwanzigjährige Saboteur Škvorecký jede Minute erwartete, daß man ihn abholte, las er in einem zufällig entdeckten Geschichtenband Kafkas Erzählung »Der Bau«.

Im Schicksal des in seinen eigenen Gängen gefangenen Tieres fand er seine Situation wieder. Manche Begegnungen haben Folgen. Jahre später, als Redakteur der Zeitschrift »Světová literatura«, brachte er trotz scharf ideologischer Kontrollen diese Geschichte als erste Veröffentlichung Kafkas nach 1948 in der Tschechoslowakei heraus. »Der Bau« erschien 1957, im zweiten Jahr der Zeitschrift. Es war die eigentliche Rückkehr von Kafka an seinen Ursprung, sechs Jahre vor der legendären Liblicer Konferenz, und ich entdeckte dadurch Kafka.

Beim Prager Aufstand vom 5. bis 9. Mai 1945 kämpfte mein Vater auf den Barrikaden. Er erzählte, daß sie meist in die Luft schossen und es kaum wagten, den Kopf herauszustrecken. Es gab trotzdem Tote. Die Deutschen hatten die erprobteren Waffen.

Meine Mutter mit meiner älteren Schwester und dem Bruder in der Waschküche; die Kinder durften keinen Lärm machen.

Nach drei Tagen ein Pochen an der Tür.

Meine Schwester klebte der Mutter am Bein wie ein Pflaster, schrie, sie soll nicht öffnen, es sind die Deutschen. Der Bruder machte es ihr nach.

Die Mutter, gehindert von den Kindern an den Beinen und von mir, die sich von innen einkrallte, öffnete die Tür. Draußen stand ein dreckiger Kerl, unrasiert, nach Tabak und Pulver riechend, er hob die Schwester hoch, sie schrie und strampelte, und diesem Kerl warf sich die Mutter an den Hals. – Der Vater war aus dem Kampf zurückgekehrt.

Er sollte nachher den Nachbarn Gutachten ausstellen; die Bittgänge der kleinen und größeren Sühner begannen. Zu der Zeit hätten wir zu essen gehabt.

Mein Vater nahm nichts, vielleicht ein paar Eier, um die Menschen nicht völlig zu verwirren. Die Gutachten waren alle positiv. Er sagte auch, er kenne zum Glück kein wirkliches Schwein.

Bei der Mobilmachung 1938 hatte sich mein Vater gemeldet. Er sagte, daß er von keinem wüßte, der nicht gegangen wäre; auch Sechzigjährige waren darunter.

Es wurde nicht gekämpft. Die Großmächte hatten sich in München bereits geeinigt und im Rahmen der britischen Appeasement-Politik ein Drittel der Tschechoslowakei an Hitler ›abgetreten‹, ohne Anwesenheit der tschechoslowakischen Vertreter.

Die Garantie der Unverletzbarkeit für die restliche Tschechoslowakei, von den Großmächten besiegelt, war eine Farce. Ein paar Monate später besetzte Hitler das reduzierte Böhmen und Mähren, das sich einsam bemühte, mit der Amputierung weiterzuleben. Die Slowaken durften einen eigenen faschistischen Staat gründen, in enger Anlehnung an Nazideutschland. Bereichert um die gesamte Wirtschaft und das Rüstungspotential der Tschechoslowakei, konnte Hitler endlich seinen lange geplanten Krieg anfangen.

»England wollte Frieden und wählte Schande. Jetzt hat es Schande und Krieg.« Churchill schlug aus dem moralischen Debakel der Appeasement-Politik Chamberlains politisches Kapital und gewann die nächsten Wahlen.

»Quels Idiots!« kommentierte Daladier den frenetischen Jubel der Franzosen, die ihn bei seiner Rückkehr aus München als Friedensretter feierten.

Fünfundfünfzig Jahre später wiederholt sich das gleiche armselige Taktieren des Westens gegenüber Bosnien. Es werden diesmal aber keine leeren Drohungen geäußert, sondern seit über einem Jahr wird dort die Zivilbevölkerung von einer hochgerüsteten Armee massakriert.

Ich komme zu dem Wort Scham.

Man schämt sich für etwas eigenes, was einen betrifft, was man verursacht hat oder nicht verhindert hat. Was bemerkt wird, ob in der Realität oder in einer Projektion, in moralischen Wertvorstellungen. »Scham ist das soziale Gefühl par excellence« – Lévi-Strauss. Kafkas Werke sind Variationen der Scham, des Peinlichen, der Schuld.

– »›Wie ein Hund!‹ sagte er, es war, als sollte die Scham ihn überleben.« – Ein von einer anonymen, willkürlichen Macht Verurteilter schämt sich bei seiner Hinrichtung.

Mit diesem Modell hat Kafka ein ganzes Jahrhundert beschrieben. Er hat eine Prognose über Praktiken des Willfährigmachens aufgestellt, über das Wuchern des Apparats, die Kavernen der Macht, die alles Lebenswerte durchziehen und den Willen, die Würde des Menschen zerstören und sich schließlich der wertlos gewordenen physischen Existenz entledigen.

Eugen Kogon hat in seinem Buch »Der SS-Staat« ein Bild geliefert, das mich jahrelang in Nächten verfolgte: wie Juden bei ihrer Massenliquidierung den Berg der vor ihnen Erschossenen erklettern, sich noch lebend zum Leichenberg türmen.

Scham über etwas eigenes. –

Es konnte mir in der Tschechoslowakei schneller und aus nichtigeren Gründen passieren als in Deutschland, wo ich seit zwanzig Jahren lebe.

Inzwischen kann ich mich auch hier schämen. Das heißt, ich kann hier so vieles akzeptieren, daß mich Verstöße gegen das positive Bild, das ich von diesem Land habe, persönlich treffen.

Das Bild verdunkelt sich wieder.

Hoyerswerda, Rostock, Mölln, Solingen – die Namen erstarren zum Begriff, werden abstrakt. Statt dessen stelle ich mir die drei Jugendlichen vor, die einen Obdachlosen mit Benzin übergießen und anzünden. Er schläft vor ihnen auf einer Parkbank, sie sehen, wie der Mensch atmet. Die Stadt habe ich mir nicht gemerkt. Passiert zwischen Mölln und Solingen, eine kleine Notiz in der Zeitung. Bei einem Haus sieht man nicht, wohin die Bombe fällt, man sieht die Schlafenden nicht, ob es Frauen sind, Kinder ...

Es ist kein Trost, es ist aber als bewußter Mord nicht so deutlich. – Ich merke, ich verwirre mich.

Kann man schon von einer ganzen Nation sprechen? Die Gewalt kommt doch nur von kleinen Gruppen, das Schweigen aber von der Mehrheit.

Vor kurzem bin ich von einem Mann angegriffen worden, als ich einer Frau, die er belästigte, zu Hilfe kam. Passanten gingen vorbei und sahen weg. Zivilcourage – die Eigenschaft, die ich in diesem Land schmerzhaft vermisse.

Ich kann mich aber auch aus subtileren Gründen schämen.

Eine repräsentative Gruppe deutscher Schriftsteller in Böhmen. Nur wenige wissen wirklich, wo sie sind, stellen sich auf die Gastgeber ein, kennen Namen. – Es ist ein Nachbarland! Keiner kann zumindest Guten

Tag, Danke, Auf Wiedersehen tschechisch sagen, versucht es nicht einmal. Ein ehemaliger Linker, in indianischen Reservaten und Apartheid-Slums bereist, fragt inkommodiert, wieso aus dem Warmwasserhahn zuerst immer braunes Wasser fließt. Ich sage etwas vom alten Schloß und Wasserrohren. Die Antwort, er könne froh sein, daß es überhaupt fließt, würde er nicht verstehen.

Später in Prag, derselbe Autor – probiert Russisch-Brocken aus seinem Studium an Passanten. Sie bleiben freundlich. Auf meinen nachdrücklichen Hinweis, daß wir hier nicht (mehr) in einer russischen Kolonie sind und daß es ihm nicht bekommen würde, reagiert er nicht.

Ein deutscher Ex-Linker, der in Prag ostentativ Russisch spricht, als sollten sich die Menschen darüber freuen – bei diesem Anblick überkommt mich ein Gefühl der Peinlichkeit. Ich werde ungeduldig. In Deutschland war er eigentlich sympathisch.

Ein ehemaliger DDR-Autor wirft mit tschechischem Geld um sich, fragt, ob er für einen Fünfhunderter ein Bier bekommt. Ein so kurzes Gedächtnis ist mir zu dumm, auch bei der grassierenden Inflation. Ich sage, daß er sich dafür schon eine mehrfache Alkoholvergiftung holen kann und warte, wann er damit endlich Ernst macht. Plötzlich fängt er an zu rechnen.

Bei diesem Treffen weiß ich nicht, wofür ich mich mehr schämen soll – für die Arroganz der Deutschen – meiner Kollegen, oder für die Unsicherheit der Tschechen, die hier doch die Gastgeber sind und deren Freundlichkeit mir wie Mangel an Stolz vorkommt, wenn sie mit Freude ihre Deutsch-Kenntnisse amortisieren, nicht nur die Germanisten unter ihnen. Es sollte selbstverständlich sein, aber bei diesem Verhalten der Deutschen wirkt es fast wie Kriecherei.

In einem Punkt werden sie sich einig. Weder die

Deutschen noch die Tschechen wissen, was mich daran eigentlich stört.

Ein deutscher Journalist mokiert sich dann in der Zeitung über Havel – »der kleine König mit seinem Staat«.

Wenn ich meinen deutschen Kollegen fragte, was er sich dabei denkt, in Prag Russisch zu sprechen, würde er wahrscheinlich wahrheitsgemäß antworten: »Nichts.«

Genau davor habe ich Angst. Wenn schon »Intellektuelle« so wenig Ahnung haben, warum sollte ich mich über die deutschen Touristen wundern. Ich weiß nicht genau, wodurch sie sich von den Italienern, Franzosen oder Spaniern in Prag so ungünstig unterscheiden. Die Menge und die Lautstärke ist es nicht, im Moment sind in Prag genausoviel Italiener und Spanier wie Deutsche (– ich würde ohnehin am liebsten einen Numerus clausus einführen, eine Art Zulassungsprüfung). Vielleicht ist es die Art, wie sie die Stadt sehen. Als wären sie auf einer Inspektionsreise.

Das Militärmuseum auf dem Hradschin, es war jahrzehntelang geschlossen. Ich will mir die Sgraffiti im Innenhof ansehen, das Schwarzenberg-Palais. Die Exposition mit den rekonstruierten napoleonischen Schlachten und Hussitenkriegen ist interessant. Man merkt, es ist lange nichts renoviert worden.

Im Gästebuch fröhliche Eintragungen: Die Pferdchen haben uns gefallen, schreiben Kinder über die Zinnsoldaten-Sammlung. Der deutsche Giftzahn auch hier: Es wäre ›begrüßenswert‹ (die DDR stirbt langsam), wenn die Exponate auch in anderen Sprachen untertitelt wären (das stimmt), mindestens aber deutsch! Und von einem anderen besorgten Deutschen die Frage, ob es denn in Prag nicht auch andere Museen gäbe, mit Kunst, statt hier Kriege zu zeigen.

Die Nationalgalerie ist gleich gegenüber, aber das muß hier ausgerechnet ein Deutscher sagen!

Wir sollten uns nicht belügen: Beliebt sind sie nicht. Aber unter meinen Bekannten sind die mir wichtigsten und mir nächsten Menschen Deutsche.

Ein paarmal habe ich mich hier zugehörig gefühlt. Rückblickend merke ich, daß es immer um Situationen ging, wenn Menschen gefährdet waren:

Auf der einen Seite Demonstranten, auf der anderen Polizei mit Helmen, Schildern, Schlagstöcken, Wasserwerfern – in den frühen Siebzigern kamen Panzerwagen dazu, die RAF lieferte willkommenen Anlaß für die immer effektivere Ausrüstung. Auf der anderen Seite wurden Vermummung, Sturzhelm, Kopfschutz jeder Art als ›passive Waffe‹ verboten.

Ich kam zu Demonstrationen meist zufällig.

Eine kleine Gruppe Studenten vor dem Stadion in Göttingen – es soll der feierliche Militäreid geleistet werden. Vor dem Tor Polizei in Einsatzbereitschaft, angespanntes Schweigen auf beiden Seiten.

Ein älterer Mann, Zivilist, rempelt zunächst stumm einige Studenten an, wird abgeschüttelt, sie wollen Zwischenfälle vermeiden. Dann höre ich zum erstenmal den Satz, den uns die kommunistische Ideologie als die Wahrheit über die Bundesrepublik jahrelang servierte: ›Unter Adolf hätte man aus dir Seife gemacht.‹ Der Mann findet offensichtlich Genugtuung daran, diese Phrase in Variationen zu wiederholen. Nicht bereit, mich hier von der primitiven Propaganda der Apparatschiks einholen zu lassen, spreche ich die Polizei an. Beide Gruppen sehen mich angespannt lauernd an, die Studenten neben mir rücken von mir ab. Ich mache die Beamten darauf aufmerksam, daß dieser Mann hier die ganze Zeit faschistische Reden führt, sie sehen mich verblüfft an, während die Studenten höhnisch fragen: »Seit wann hat hier jemals die Polizei Faschisten verfolgt?« Später kommt es zur Auseinandersetzung, Studenten werden geschlagen, der Mann hilft mit, mit Faustschlägen und Tritten, ohne daß die Polizei ihn daran hindert. Es war noch keinem bekannt, daß er Ausgang aus dem Landeskrankenhaus hatte.

Ein paar Jahre später in Bremen, das gleiche öffentliche Ärgernis. Die Vereidigung der Rekruten übernimmt ein ehemaliger Bundespräsident. Die Demonstration vor dem Weser-Stadion ist viel größer als in Göttingen, es geht auch wesentlich brutaler zu. Die jungen Menschen, die den Osterdeich hinunterlaufen, gefolgt von Hundertschaften der Polizei mit Schlagstöcken und Wasserwerfern, erinnern mich an Prag, als russische Panzer sich mit Rohrfeuer den Weg bahnten; ich sehe sie den Wenzelsplatz hinunterrollen, nach ihrem blutigen Einsatz vor dem Rundfunkgebäude. – Zivilisten, von bewaffneter Macht überrollt, Menschen, die zusammenhalten. Von der Fahrbahn sieht eine Stadt anders aus: wenn die Straße den Menschen gehört, wenn Ampeln ihre Funktion verloren haben, die Passanten nicht mehr hetzen können; es kommt eine Art Euphorie auf, die Straße gehört den Bürgern, für die sie ursprünglich gebaut war. Die erste Bürgerpflicht – sich einzumischen.

Berlin 81. Ich lese aus meinem ersten Buch »Eine Schädigung«, das gerade erschienen ist, in einem besetzten Haus am Winterfeldtplatz. Es ist Jan Palach gewidmet, der sich aus Protest gegen die Panzer in Prag verbrannt hatte. – Eine Studentin wird von einem Polizisten vergewaltigt und tötet ihn am Ende mit seinem eigenen Knüppel. – Mitten in dieser Geschichte werden Explosionen, das Rattern von Panzerwagen hörbar. Die Demonstration gegen den Besuch des amerikanischen Außenministers, die seit dem Morgen die Stadt bewegt, spitzt sich vor dem Haus zu. Ich breche ab, für alle, die gehen möchten. Sie wollen vorher die Geschichte zu Ende hören.

Heute gibt es rund um den Platz Lokale mit lauter Musik, das besetzte Haus wurde abgerissen und postmodern wieder aufgebaut, in dem Laden, in dem ich las, ist eine Strick-Boutique.

Einmal war ich stolz:

Der bayrische Ministerpräsident soll in Bremen eine Wahlrede halten. Alle Zufahrtswege zur Stadthalle sind versperrt, Durchgang nur für Geladene; das Polizeiaufgebot ist auch für Bremen ungewöhnlich groß. Der Lloyd-Tunnel neben dem Bahnhof unpassierbar, Polizeifahrzeuge aus Hildesheim, Argumente verfangen nicht. »Aber ich wohne da!« – »Dann müssen Sie einen Umweg machen«, sagt ein Polizist.

Aus der Menge plötzlich eine Stimme: »Ihr habt uns nichts zu sagen! Was macht die Polizei aus Niedersachsen auf unseren Straßen? Hier ist die Freie Hansestadt Bremen!«

Erhabene Momente im Leben eines demonstrierenden Bürgers.

Auch in Bremen, am Ostertorsteinweg – lauter Yuppie-Lokale und Aufsteigerlädchen – der Stolz meiner aufmüpfigen Stadtstaaten muß sich immer von neuem aufrichten. Das wäre Nationalstolz nach meiner Wahl. – Wo ist meine Polis?

Die Kinder, die durchfroren in Frankfurt gegen den Golfkrieg protestierten, machen mir nachträglich Frankfurt kostbar.

Ich spreche nur von Städten, in denen ich gelebt habe.

München ist für einen Tschechen ein nationales Trauma, Synonym für Verrat und Schmach. Erst an zweiter Stelle ist es eine schöne, freundliche Stadt.

In München verabschiedete sich 1938 Europa von

seiner weltbestimmenden Rolle. Was folgte, war Krieg, Jalta, der immense Zuwachs an politischer Macht für die Sowjetunion und die USA, Polarisierung der Welt; kalter Krieg, eine Reihe heißer Kriege, Zerstörung der Landschaft, der Menschen, der Zukunft.

Fünf Jahrzehnte Bürde. Auch wenn es jetzt Europa wieder geben sollte, in anderen Dimensionen und Strukturen, werden die Folgen noch Generationen belasten. Jeder stalinistische Prozeß außerhalb der Sowjetunion hat seinen Ursprung in München.

Ohne die deutsche Okkupation der Tschechoslowakei wäre die russische von 1968 nicht denkbar.

Die Russen mußten uns erst befreien, damit sie uns gemäß der Vereinbarung in Jalta haben konnten. Uns – ich kann mich mit den Tschechen identifizieren, nur wenn es ihnen schlechtgeht. Die Amerikaner, die bereits Plzeň befreit hatten, mußten vor Prag warten, bis die erschöpften Russen eingetroffen waren. Sie hatten längere und härtere Kämpfe hinter sich als die Westalliierten.

So waren es Russen, die die Deutschen im Staub vorbeitrieben, als mein Vater mit meiner mit mir schwangeren Mutter in einem Lokal im Mai 45 Bier trank, das leere Glas mit Wasser füllte und den Gefangenen brachte. Ein Glas Wasser für zwanzig Durstige – es gibt Handlungen, die immer richtig sind.

So einfach ist die Welt aber selten.

Richtig, falsch; was ist wahr, was stimmt nicht.

Zwischen Deutschen und Tschechen wird es diese Rechnung noch lange geben und sie wird nie ganz aufgehen.

Durch die Deutschen wurde die Tschechoslowakei zerstört, die Zerstörung durch die Russen war die Konsequenz des deutschen Anfangs. Vor dem Krieg gehörte das Land zu den prosperierendsten Europas, heute muß es mühsam die Grundlagen der Wirtschaft und die politischen Institutionen erst aufbauen.

Es war ein demokratisches Land.

Hier spätestens kommen Einwände. Die deutsche Minderheit war an der Regierung nicht angemessen beteiligt. Und kann man bei einer Millionenbevölkerung überhaupt von einer Minderheit sprechen? Auf der anderen Seite besaßen sie Fabriken und Unternehmen; selten waren sie Arbeiter oder kleine Angestellte oder dienendes Personal. Wer lebte besser?

Zwanzig Jahre sind zuwenig, für jede Demokratie. Das Mißtrauen den Deutschen gegenüber hatte jahrhundertealte Wurzeln, zu oft kam der Nachbar ins Haus, ohne anzuklopfen, und blieb. »Gebt dieser Republik fünfzig Jahre.« – Masaryk schwebte das Schweizer Modell einer Konföderation vor. Die Republik bekam die fünfzig Jahre nicht, die Chance, es zusammen besser zu machen, wurde vertan. Auch deshalb ist München ein solches Desaster.

»›Wir müssen also immer soviel fordern, daß wir nicht zufriedengestellt werden können‹, faßte Henlein die Richtlinien zusammen, die Hitler ihm im März 1938 mit auf den Weg gab. Für Hitler war das Sudetenland nur ein Vorwand ... Henlein und seine Partei benutzte er als Hebel ...« – Ich zitiere nach deutschen Quellen (›Die Zeit‹, 16. 9. 1988).

Das Verhältnis der beiden Völker in der ersten tschechoslowakischen Republik läßt sich generell so charakterisieren: Die Städte waren deutlicher kosmopolitisch, dort war eine produktive Koexistenz, vor allem dank der meist zweisprachigen jüdischen Bevölkerung, möglich und wurde auch praktiziert. Auf dem Lande bestanden stärkere nationale Unterschiede, auf beiden Seiten, die mit Hitlers Machtergreifung und durch die von ihm manipulierte faschistische Henlein-

Partei zunahmen und politisch zu einer Radikalisierung der Lage führten.

Auf dem Gebiet der Kulturpolitik kann man die Situation veranschaulichen:

1927 wurde der Staatspreis für deutsche Dichter, tschechoslowakische Bürger, eingerichtet; nachdem die Gesellschaft für die Förderung deutscher Wissenschaft eine Trennung von den bereits 1919 gegründeten Staatspreisen gefordert hatte, die ohne Unterschiede der Nationalität vergeben werden sollten. Es waren die höchsten Auszeichnungen der Republik, verliehen alljährlich am 28. Oktober, dem Gründungstag. In der Jury waren bedeutende Publizisten, Wissenschaftler und Künstler; sie wurde jedes Jahr neu gewählt. Die ursprüngliche Bedingung, das prämierte Werk müsse in der Tschechoslowakei veröffentlicht sein, wurde später fallengelassen.

Den ersten Preis bekam einstimmig ›František Werfel‹ für seine gesamte Tätigkeit 1918 bis 1927, insbesondere für das Drama »Bocksgesang«, für »Verdi, Roman einer Oper«, und für das Spiel »Juarez und Maximilian«. Obwohl Werfel keinen ernstzunehmenden Konkurrenten hatte, äußerte u. a. die deutschnationale Zeitschrift ›Witiko‹ Bedenken und zitierte aus dem Brief eines ›nicht genannt werden wollenden Lesers‹: »... Man wendet allgemein ein, daß ein so einseitig nur aus dem Prager jüdisch bestimmten Milieu heraus ernanntes Preisgericht auch nur eine einseitige Entscheidung treffen könne: daß Preisrichter, die sich durch ihre Tätigkeit offen zu einer anderen als der deutschen Nationalität bekennen, ausgeschlossen sein müßten: daß die Sudetendeutschen überhaupt nicht im Preisgericht vertreten waren.« Otto Pick von der Prager Presse, einer der bedeutendsten deutschsprachigen Zeitungen, wurde gesondert angegriffen.

»Otto Pick, Redakteur der offiziösen deutschgeschriebenen Prager Presse, ist tschechischer oder jüdischer Nationalität (man frage ihn), wie seine dortige Tätigkeit als Kulturkritiker eindeutig zeigt.« Die Zusammensetzung der Jury habe »wie ein Hohn auf die Deutschen« gewirkt.

Diese Einwände wurden tatsächlich in der Zusammensetzung der Jury und in der Wahl der Preisträger später berücksichtigt. Die Nachfolger von Franz Werfel waren: Dietzenschmidt, Kolbenheyer, Max Brod, Hans Watzlik, Oskar Baum, Ludwig Winder, Emil Merker, Robert Michel. Jüdische Autoren neben Blut-und-Boden-Mythologen. Das offizielle Bemühen um friedliche Koexistenz im Staat ging auf Kosten der literarischen Qualität. – Preise kann man unterschiedlich entwerten.

1938 bekam ihn keiner mehr, den ›Volksdeutschen‹ war er jetzt zu wenig, sie wollten das Land; die Juden mußten fliehen. Einen Monat vor dem zwanzigsten Jahrestag wurde die Tschechoslowakei zerstört.

Mit den Juden mußten auch die Deutschen fliehen, die in der Tschechoslowakei Schutz vor Hitler gefunden hatten. Viele wollten bleiben; Aufenthaltserlaubnis, Staatsbürgerschaft wurden meist unbürokratisch gewährt, nicht nur Brecht oder den Brüdern Mann; es war das Gebot der Stunde, schnell zu helfen.

Die deutschen Sozialdemokraten und Hitler-Gegner aus den Grenzgebieten flohen ins Landesinnere, um ihren Landsleuten und den Lagern zu entkommen. Milena Jesenská, eine der vielen, die Hilfe leisteten, berichtete in ihren besten Reportagen über die Not im Sudetenland und appellierte an die Tschechen, zwischen Nazis und Deutschen zu unterscheiden. Sie organisierte Fluchtwege für verfolgte Deutsche, bis sie von der Gestapo gefangen wurde und im Konzentrationslager Ravensbrück starb. – Eine Tschechin, von Deutschen umgebracht, weil sie Deutschen half.

Der Mann, der an sie die schönsten Briefe schrieb, steht für das Beste, was aus der wundersamen Symbiose zwischen Tschechen, Juden und Deutschen hervorgegangen ist. Die Angehörigen der Familie Franz Kafkas sind in deutschen Konzentrationslagern umgekommen.

– Zwanzig Jahre in Deutschland.

Jetzt habe ich hier auch meine Toten.

Von Uwe Johnson bekam ich noch eine Karte und ein Buch. Die Karte ist vom 13. Februar 1984.

Die Sendung ging lange. Am 12. März wurde er tot aufgefunden. Ein paar Tage später wurde sein Tod in den Zeitungen um zwei Wochen vordatiert. Da war die Karte noch unterwegs.

Bindungen kenne ich nur durch Verlust. Damals wußte ich, daß ich hier angekommen bin, auch wenn er in England starb.

Bei unserem letzten Treffen bat er mich, Václav Havel auszurichten, daß er ihm bei sich ein Obdach bieten möchte, einen Ort, wo er sich ausruhen könnte, von allem. Er sagte, er würde ihm das Frühstückstablett vor die Tür stellen, nur anklopfen, nicht stören. Er wiederholte es mehrmals, es war ihm wichtig. Havel war gerade aus dem Gefängnis zurückgekommen, krank. Er wollte ihm zumindest Papier schicken – das beste Papier wollte er ihm zur Verfügung stellen; das Bedürfnis kenne ich – der sozialistische Mangel an Papier.

Ich mußte ihm versprechen, »Die Jahrestage« zu lesen, er schickte sie zweimal, die erste Sendung ging ihm zu langsam. Er hat nach Prag gefragt, wie jemand, der Bescheid weiß.

Meinen Namen hat er vom Anfang an richtig geschrieben, sprach ihn richtig aus.

Mit Arno Schmidt habe ich nie gesprochen.

In den ersten Jahren in Deutschland war ich nicht fröhlich. Ich erinnere mich an das erste Mal, als ich lachte. Es war sein »Caliban über Setebos«; bis dahin legte ich alles von ihm beiseite – nicht schon wieder einen Joyce! Seit dem ersten Mal habe ich nicht aufgehört bei ihm zu lachen. In gewisser Hinsicht war er für mich ein Grund, zu bleiben – ich war neugierig, was ihm noch einfällt.

»Als Arno Schmidt starb, ging das schwerste Hagelgewitter über Südniedersachsen nieder, Pflanzen wurden erschlagen und Kleintiere.« – So endet meine »Pavane für eine verstorbene Infantin«. Einen so schwefligen Himmel hatte ich nie gesehen. Hagel im Juni! Am dritten – wie Kafka.

Jedes Jahr warte ich auf ein neues Buch von ihm.

Um die Karten zwischen Tschechen und Deutschen gerechter zu verteilen:

Natürlich können die Tschechen stolz sein auf ›ihre‹ Charta 77, auf ›ihre‹ Dissidenten, auf ›ihren‹ Havel – angesichts der schäbigen Rechnung, die sich jetzt die Ex-DDR-Schriftsteller gegenseitig präsentieren ist es gar billig. Aber als unterschrieben wurde, war es nur eine Handvoll, den meisten waren diese Idealisten ziemlich suspekt. Die Unterschiede sind nicht unüberwindlich.

Einige phraseologische Abweichungen; deutsch:

Das Wort ›Versager‹ gibt es im Tschechischen nicht; ich glaube, es ist besser so.

›Das schenke ich dir‹ – wenn es sich um Kaugummi handelt.

›Ich lade dich ein‹ – zu einer Tasse Kaffee.

›Das freut mich für dich‹ – man kann sich nur für sich selbst freuen.

Die Sprache könnte den Verdacht nahelegen, daß die Deutschen kleinlich sind.

– Ein semantischer Zugewinn der letzten Zeit: ein Däne unterscheidet die ›Seegermanen‹ und die ›Waldgermanen‹; es hat mir sofort eingeleuchtet. –

Inzwischen sind wir wieder Nachbarn, Europa hat sich geöffnet. Wie weit?

Im Juli 1993 ergab eine Umfrage, daß sich nur ein Viertel der Bevölkerung der Tschechischen Republik für Verhandlungen mit Sudetendeutschen ausspricht; von den Jüngeren sind es etwas mehr, aber drei Viertel nehmen an, daß die deutsche Seite ausschließlich an materiellem Ersatz für verlorene Güter oder an ihrer Rückgabe interessiert ist, nicht an einem Dialog. Das vorangehende Pfingsttreffen der Landsmannschaften hat diese Befürchtungen bekräftigt.

Eine Freundin und Kollegin, hochangesehene deutsch schreibende Schriftstellerin in der Schweiz, die in Nordmähren geboren wurde und später mit ihrer enteigneten Familie aus der Tschechoslowakei abgeschoben wurde, erzählte mir von ihrer Kindheit. Sie war Tochter eines Fabrikbesitzers und fühlte sich immer einsam. Bei einem mährischen Bauern wurde sie in die Familie aufgenommen, schuftete auf dem Feld, um ihm Arbeit abzunehmen, bis sie sich einen dauerhaften körperlichen Schaden zuzog – sie wünschte, seine Tochter zu sein. Mit fünfzehn mußte sie gehen, kam in die Schweiz, in die USA. Sie kennt viele Länder, aber wenn sie in der mährischen Landschaft ist, weiß sie, daß es ihre einzige Heimat ist. Als ich – Trauer und Wut wegen München sind nie weit – daraufhin zum erstenmal spontan reagiert habe: – die Deutschen sollten zurückkommen, es dort wieder bewohnen –, sagte sie sofort: – Nur das nicht, wünsch es dir nicht. –

Darüber muß ich noch nachdenken.

Die Vertriebenen, die ihre Heimat verloren haben, die mißhandelten und unschuldig getöteten Deutschen – das wiegt schwer. Auch wenn sich die Tschechen jahrzehntelang nur als Opfer sahen. Die Schuld ist nicht gleich, aber es geht um keinen Wettbewerb des Schrekkens.

Inzwischen kenne ich hier verwirrend viele Menschen, die in meinem Land geboren sind oder deren Familien aus Böhmen oder Mähren stammen.

Meist wirken sie auf mich weicher, spontaner, auch heftiger als die anderen, in gewisser Hinsicht sind sie mir näher.

Während gegenwärtig in den Recherchen tschechischer Intellektueller die erschreckenden Zahlen der deutschen Opfer tschechischer Massaker am Kriegsende immer steigen, verharrt die große Mehrheit der Bevölkerung in ihrer Ablehnung, im Wissen um die historische Schuld der Deutschen, deren Opfer auf der tschechischen Seite die Zahl der deutschen Opfer weit übersteigen. Die Angst vor der deutschen Expansion hat Tradition. Die Deutschen haben ihr Land zerstört – heute stehen die Tschechen nach fünfzig Jahren Devastierung durch fremde Gewalt verarmt da. Die westlichen Nachbarn, die ihre ehemaligen Häuser im Grenzgebiet besichtigen wollen, werden mit Mißtrauen, stumm beäugt, das alte slawische Gebot ›Gast ins Haus, Gott ins Haus‹ findet kaum Resonanz. Nur wenige der Besucher werden eingeladen, über die Schwelle zu treten, vielleicht einen Balken anzufassen, der noch von ihrem Großvater aufgerichtet wurde. Manchmal können die Tschechen nicht glauben, daß die anderen nichts wollen, nur das eigene Geburtshaus ihren Kindern zeigen. Mißtrauen, Unbehagen auf beiden Seiten. Die Begegnungen verlaufen stumm. Stumm – němí, Němci, die Bezeichnung für Deutsche deutet an, daß die Verständigung offenbar schon immer schwierig war; das Wort, slovo, hatten die Slawen, Slované. Woher kommt das ominöse »Sudeten«?

Es gibt auch anderes, abseits offizieller Gespräche.

Gemeinsame Heuernten in Südböhmen, Hilfe früherer Gemeindebürger für verfallene Kirchen jenseits der Grenze. –

Ich habe darüber nachgedacht.

Mit zunehmendem Alter, stelle ich fest, wird Landschaft immer wichtiger, zu etwas Einmaligem, das sich nicht ersetzen läßt. Claude Lévi-Strauss resümiert am Ende seiner Reisen in den ›Traurigen Tropen‹, welche Landschaft ihn am meisten beeindruckt hat. Er hat Dschungel und Hochplateaus gesehen, Hochgebirge, Küste, Meer – Landschaften in extremen Zuständen.

Er kommt zu dem Schluß, daß es die urvertraute Landschaft seiner Kindheit ist – ›das europäische Mittelgebirge mit Mischwald‹.

Ich möchte meinen, das Recht auf die Landschaft der Kindheit, die einen Menschen geprägt hat, ist unveräußerlich, und niemand darf daran gehindert werden, dorthin zurückzukehren. Das gilt auch für ehemalige tschechoslowakische Bürger deutscher Zunge, die ihrer Heimat verlustig gingen.

Die gemeinsame Landschaft der Kindheit kann zur Verständigung schneller beitragen als Sprache. Vielleicht auch die gemeinsame Sorge um die letzten Zwetschgenbäume entlang der Grenze.

November 1991

Kabbala der Welt
Blick in das Jahr 1991

In der letzten Zeit erinnere ich mich an kein einziges Jahr, von dem ich hätte sagen können – es war schön.

Auch die kurze Euphorie vom Herbst 1989 konnte die Krisen des Jahres nicht aufwiegen, zumal der Abschluß, der gesamtdeutsche Rutsch ins 1990, eine zerstörte Quadriga auf dem Brandenburger Tor und Verletzte zur Folge hatte.

– Der Jahrestag der deutschen Einheit wurde in diesem Jahr einheitlich in Ost und West mit massiven Überfällen auf Ausländer begangen.

Zurück an den Jahresanfang:

Januar 1991. Die USA haben ihre Drohungen gegen den Irak wahr gemacht. Die vereinten Medien des Erdballs wetteifern in ihrer Berichterstattung über den Golfkrieg um die gewagteren, schnelleren Bilder. Die Amerikaner können dabei neben der militärischen auch ihre medienstrategische Überlegenheit demonstrieren. Das irakische Staatsoberhaupt, skrupellos wie telegen, gewährt allein dem amerikanischen Starreporter des CNN Zutritt und Auskunft; vom letzteren bekommen erst die ›Kollegen‹ und andere Sender portionsweise Ausschnitte; jede Sequenz hat ihren Preis. Amerika behält Kontrolle darüber, was die Welt über den Krieg erfährt.

Die Zensur findet schon vorher statt. Die Bildsequenzen sind falsch betitelt, aus einem anderen Zusammenhang herausgerissen, falsch gedeutet, aber der Alltag stockt, die Fernsehnachrichten bestimmen das Leben; gestellte Gefahr in Spielfilmen wird durchschaut und belächelt, man hat schnell gelernt, Authentizität zu verlangen.

Reminiszenzen werden wach. Der nächtliche Himmel über Bagdad, die grün, blau, weiß explodierenden Scud- und Pioneer-Raketen erinnern an das rot brennende Dresden fünfundvierzig Jahre zuvor, an den deutschen Tag bei Nacht; in beiden Fällen wurden zivile Einrichtungen getroffen, kamen Abertausende von Zivilisten um.

Das Ende des Kriegs – der Diktator lebt, die Kurden werden gejagt, im Irak und in der Türkei. Die Ölfelder in Kuwait brennen das Jahr hindurch, bei der Brandbekämpfung konkurrieren die Löschunternehmen; das Geschäft lohnt sich. Die Amerikaner, erprobt in Katastrophen globalen Ausmaßes, als Befreier und als die Erfahrensten, bekommen den Zuschlag. Die Verzögerungen gehen auf Kosten der Natur, der Luft, der Stratosphäre; die Folgen wird man erst im nächsten Jahrtausend abschätzen können.

Weniger aufregende Berichte – über das Waldsterben, über die zunehmende Zahl der Arbeitslosen in den neuen Bundesländern, können mit den Einschaltquoten der authentischen Kriegsberichte nicht konkurrieren.

Erst die ehemaligen Staatssicherheitsspitzel und -chefs, die Devisendealer und ehemalige Henker von Beruf bringen wieder Spannung auf die Bildschirme. Für exquisite Gagen packen sie in exquisiten Interviews aus. Öffentliche Fernsehanstalten heuern für ein paar Biere Neonazis zu Überfällen auf Asylantenheime, »nur gestellt«; ein deutscher Gruß vor der Kamera mit ›Heil Hitler!‹ kostet extra. Die blöden Kahlköpfe mit durchbohrten Wangen sind neben einem Topspitzel ein billiger Fang, aber man sieht sie sich trotzdem an.

Ob Entführungen, Raubüberfälle, Geiselnahmen oder Krawalle vor Flüchtlingssiedlungen – die Medien sind in der Regel schon vor der Polizei da, werden zu Komplizen.

Handlanger verfassen Memoiren und Bekenntnisschriftstücke, werden im Fernsehen als Literaten gehandelt, während den Autoren, die früher ernstgenommen wurden, im Würgegriff gegenseitiger Anschuldigungen die Luft ausgeht; was der Bespitzelungsmaschinerie in den Zeiten der Hochkonjunktur nicht gelang – die Spaltung der ›Intellektuellen‹, geht jetzt auf: der Haß, das Mißtrauen und der Ekel voreinander könnten kaum größer sein. Eine Flut funktionalisierter Abkürzungen kommt auf die strapazierte Sprache zu – EV – (Ermittlungsverfahren), PiD (Politisch-ideologische Diversion), PUT (Politische Untergrundtätigkeit), MfS (Ministerium für Staatssicherheit), IM (Inoffizieller Mitarbeiter) – sie verdichten sich zu einem Jargon der ›Eingeweihten‹, zu denen sich immer mehr westliche Mitmacher und Mitredner aufschwingen. Die Wortstümpfe leben weiter, nachdem die Gegenstände bereits eingegangen sind. Allein die Bezeichnung ›Stasi‹ in ihrer frivolen Vertraulichkeit wird im Westen unbedenklich weitergereicht.

Die symmetrische Zahl 1991 – die Eins an beiden Enden des Datums und die höchste Ziffer verdoppelt in der Mitte. Kabbala der Welt. Es sollte auf das Ende des Jahrhunderts, des Jahrtausends hinschreiten, aber es verweist auf den Anfang.

Das Jahr 1991 bricht die bisherigen Rekorde der Elendsstatistik der Nachkriegszeit.

Weltweit sind 25 Millionen Menschen unterwegs, auf der Flucht vor Armut, Terror und Hunger, obdach- und heimatlos.

Überbevölkerung; die Erde platzt aus den Nähten, und die Empfängnis- und die Schwangerschaftspille werden von der Kirche verboten, wie alle anderen Verhütungsmittel.

Jede ›Hirtenreise‹ des Papstes, seine unverantwortlichen Reden vor den Ärmsten, die in ihrer Misere zumindest an etwas glauben möchten, hat einen weiteren verhängnisvollen Populationsanstieg zur Folge. Ein zölibatärer Greis verteufelt die Verhütung und Abtreibung, ruft zur Vermehrung auf, ohne daß er im gleichen Maße die Reichen dazu bewegen könnte, mit den Armen zu teilen. Die Nächstenliebe funktioniert nur unter den Elenden; als Frustrations- und Triebabfuhr, billiger als Drogen und Alkohol – auf Kosten von Frauen.

Ob Islam, ob Christentum, weltweit werden Frauen ausgebeutet, mißhandelt, gedemütigt, verkrüppelt. Die Beschneidung der Frauen in Afrika wird eifrig betrieben, von Frauen, die diese Verstümmelung selbst über sich ergehen lassen mußten; die Männer als Nutz- und Genießer dieser kastrierten, zugenähten Geschöpfe machen sich die Finger dabei selbst nicht schmutzig.

– Kinderprostitution, Versklavung;

– gebärende Frauen in Indien, zwischen Ratten und Müll, die an Infektion und Erschöpfung sterben; Kinder, falls sie überleben, werden verkrüppelt, um betteln zu können.

Man sollte denken, das Mittelalter wäre vorbei.

Die Kinderbanden in den palästinensischen Flüchtlingslagern, in Nordirland – benutzt und aufgehetzt in undurchschaubaren politischen Querelen, über die keiner mehr Überblick und Kontrolle hat, als Terrorinstrument konkurrierender Drogengangs, als Vergessene in den expandierenden Slums der Megapolen – ob Mexico City, ob São Paulo – sind gefährlich und leben gefährlich. Für die ›train surfer‹ in Rio de Janeiro, Jugendliche, die auf den Dächern der Vorortzüge bei Geschwindigkeiten von 100 km/h unter Hochspannungsleitungen von 3300 Volt im Stehen ohne

Halt fahren, ist dieses Lebensrisiko die einzige Empfindung und Sensation, Ersatz für teure Drogen, an die sie ohne weitere Verbrechen nicht herankommen. Der Kitzel auf den Zugdächern ist größer und kostet nichts – nur mal ein Bein, einen Arm, oder das Leben.

– Inzwischen fahren gelangweilte Schüler auf diese Weise die Berliner S-Bahn, halten sich an den Außenwänden bei Fahrt oder beugen sich zumindest weit hinaus. Die Erwachsenen sehen irritiert, mißbilligend weg und schweigen.

Überfälle auf Ausländer nehmen drastisch zu.

Nach der Aufhebung der Visapflicht werden polnische Busse und PKWs an der Grenze und auf der Autobahn angegriffen.

Asylbewerber flüchten aus der ehemaligen DDR in die Bundesrepublik, um sich vor militanten Angriffen der Skinheads und Neonazis in Sicherheit zu bringen.

Japanern wird geraten, nicht Jeans und T-Shirts in Deutschland zu tragen – sie könnten irrtümlicherweise statt vietnamesischer Gastarbeiter verprügelt werden.

Ein Akt ausgleichender Ungerechtigkeit?

– Die Mongolen trauern der DDR nach: ›Die Deutschen haben bei uns Kartoffeln angebaut, während die Russen uns immer nur alles wegnahmen.‹

Die Neonazis sind keine deutsche Spezialität mehr. Inzwischen brüllen sie in Belgien, Frankreich, Schweden.

Ich glaube eigentlich nicht, daß der Ausländerhaß in Deutschland größer ist als in anderen Ländern. Er hat im Moment hier aber besonders günstige Bedingungen:

– die eigenmächtigen Entscheidungen der Verwaltungsbehörden, die Wohncontainer mit Asylanten vor Fußballstadien abstellen (Greifswald), in Vierteln von sozial Schwachen und Gefährdeten, oder in einem so disproportionierten Verhältnis zur Einwohnerzahl, daß die Gemeinde die Flut der Asylsuchenden gar nicht bewältigen kann (Kummerow);

– die fragilen demokratischen Strukturen in der ehemaligen DDR, wo Menschen zu lange passiv waren und wo Frustration und Verarmung Haß- und Gewaltausbrüche auslösen.

Die Stationierung der Containerdörfer geschieht ohne Rücksprache mit den Bewohnern (Mülheim an der Ruhr), ohne gemeinsames Überlegen, wie viele Flüchtlinge sie aufnehmen können.

– Das Wort Container assoziierte ich früher mit Müll; jetzt gibt es also auch Container mit Menschen.

Die Passivität der Polizei, das zustimmende Schweigen der Bevölkerung bei den Ausschreitungen einer Handvoll Randalierer sind der bedenklichere Teil.

– Das Ozonloch wächst – 140 000 Hautkrebskranke in Australien.

– Aids: von den Risikogruppen – Bluter, Homosexueller, Fixer – verschiebt sich die tödliche Seuche auf die ›normalen‹ Bürger; die Prognosen bis zum Jahrtausendende sind deutlich.

– Mit dem Untergang eines Systems geht der kalte Krieg zu Ende, eine Reihe heißer Kriege wird fortgesetzt oder entflammt erst – Jugoslawien führt vor, wie die Situation in den nächsten Jahren in der zerfallenden Sowjetunion eskalieren könnte. –

– Das Wort Kommunismus will keiner mehr hören; man wird zynisch, spricht vom größten Betrug des Jahrhunderts. Mit diesem Betrug, verbunden mit Staatsterror, Lüge und Unterdrückung, geht auch Solidarität, Idealismus und der leise Mut des Alltags gegen den allmächtigen anonymen Apparat der Macht verloren. Es waren nicht viele, aber es gab sie.

Wenn der Staat als der gemeinsame Feind wegfällt, werden diese Eigenschaften nicht mehr abgerufen; statt dessen – in herdenhafter Unsicherheit und Angst vor Enthüllungen denunziert einer den anderen.

Der KGB brüstet sich, daß die Ostermärsche seiner Initiative und ideologischen Lenkung zu verdanken sind. ›Wir haben es geschafft, weltweit jedes Jahr im Westen Hunderttausende auf die Straßen zu bringen!‹

Wenn nachträglich die anständigsten Motive denunziert, kritische Bürger als ›nützliche Idioten‹ des konkurrierenden Regimes herausgestellt werden – was bleibt von dieser Zeit, in der wir leben, zurück?

Überbevölkerung und Müll –

Raum hat mittlerweile mehr Wert als die Gegenstände darin.

Der Sekt, der Champagner, mit dem wir anstoßen, wird immer erlesener, die Gläser immer kostbarer, und die Jahre immer trostloser, auf die wir trinken.

1991 fing mit dem Golfkrieg an, die zweite Jahreshälfte dominiert der Bürgerkrieg in Jugoslawien. Die Front kommt näher. Die Flüchtlinge sind schon da.

Positive Nachrichten der letzten Zeit:

Die jahrelang in Libanon festgehaltenen Geiseln werden freigelassen.

Die japanische Fischerei-Industrie will ihre 50 km langen Schleppnetze in den nächsten Jahren einziehen.

Die Sächsische und die Böhmische Schweiz werden zum großen Teil als Nationalpark für Touristen gesperrt.

Beim Christkindlmarkt in Nürnberg soll es kein Pappgeschirr mehr geben.

Eigentlich sollten wir uns freuen.

Dezember 1991

Prag, 21. August 1968

Für Analysen habe ich nicht genug Abstand. Dem Chor der Politstrategen, die nachträglich feststellen, was alles falsch gemacht wurde, möchte ich mich nicht anschließen. Sicher vieles – die Russen sind über zwei Jahrzehnte im Land geblieben und haben damit allen Kritikern recht gegeben. »Überprüft: 14 Millionen Konterrevolutionäre. Und jetzt schert euch!« stand auch binnen weniger Stunden an Straßenecken und Häuserwänden als Mitteilung an die Besatzer. Aber auch Verständigungsbrücken: »Lenin, hilf! Brežněv ist wahnsinnig geworden!«

Die Straßenschilder verschwanden, Ortsnamen, Distanzangaben wurden über Nacht ausgetauscht. Die Bruderarmeen kannten trotzdem von den letzten, bis in den August hinein verlängerten Manövern einige Anhaltspunkte, und Prag ist aus der Luft angepeilt worden. Nur ein Schild wiederholte sich hartnäckig: »Moskva, 1800 km!« Der Pfeil zeigte in diverse Richtungen, die Entfernung pendelte, aber die Aussage war unmißverständlich.

Der 21. August zerfällt mir in lauter Einzelszenen, die sich nicht verbinden lassen und keinen Sinn ergeben. Ich stehe am frühen Morgen an der Kreuzung nahe unserer Wohnung in Prag 6, unter dem Mantel noch die Pyjamajacke, und starre ungläubig einen asiatischen Soldaten an, der die Regelung des Verkehrs übernommen hat und Zivilisten und PKWs am Überqueren der Straße hindert – ein asiatischer Soldat auf der Straße in Prag. Ich gehe weiter, zur Militärakademie, und sehe parkende russische Fahrzeuge, deren Besatzungen sich in Klumpen von den Passanten fernhalten.

Der Tag fängt an, die Menschen wollen zur Arbeit, die Straßenbahnen kommen mit Verspätung, einige

Linien gar nicht, der Nahverkehr ist zusammengebrochen. Gerade heute hat es jeder eilig, in die Arbeit zu gehen, man möchte ankommen, um irgendwie zu helfen, damit dieses Mißverständnis ein Ende hat.

Die wenigen PKWs, die durchkommen, halten an, nehmen andere mit, es gibt ein allgemeines Bedürfnis, untereinander solidarisch, aufmerksam zu sein: Autofahrer wetteifern um Schwangere, Gebrechliche, Kinder, jugendliche Anhalter werden noch in die überfüllten Wagen hineingewinkt. Im Stadtzentrum wächst mit der Menge der Soldaten das Entsetzen und die Wut. Wir sehen in die Gesichter der Okkupanten. Keiner sieht zu uns auf – sechzehnjährige, kahlgeschorene Kinder, die von Tränen und Rotz durchnäßte Machorka im Mundwinkel eingeklemmt, sie lehnen den Kopf an die Windscheibe ihrer Gasiks und heulen. Einige stammeln etwas von Konterrevolution, sie sind dem Andrang der Menschen nicht gewachsen, sie haben es nicht gelernt, mit Zivilisten zu diskutieren. Ihre Erschütterung, als sie Russisch hören – viele dachten, sie seien in Westdeutschland, manche tippten auf Frankreich –, die Scham der Älteren, daß sie »mit den Deutschen gegen ihre tschechischen Brüder ausgezogen sind«. Andere schreien zurück, wollen nichts mehr hören, hoffen auf Befehle, gegen diese aufgebrachte Menge verfängt keine Militärdisziplin.

Jugendliche mit tschechoslowakischen Fahnen, im Laufe des Tages färben sich einige mit Blut, man hört Schüsse, das Rattern der Panzer, die schweren Maschinen in der Luft, die immer weitere Militärfahrzeuge ausladen.

Wie viele Stunden, wie viele Tage vergehen, wissen wir nicht, vielleicht ist es ein einziger langer Tag, in dem Verzweiflung, Müdigkeit, Trauer, Solidarität, Hoffnung, Euphorie einen Schwebezustand ausgelöst haben und die Menschen zu einem Volk von Somnambulen machen. Wir schlafen nicht, wir sitzen am Radio, taumeln auf den Straßen mit Transistorempfängern am Ohr, sehen die Realität um uns und warten auf ihre Erklärung aus öffentlichen Kommunikationsmitteln, denen wir nach Jahren der Ablehnung seit kurzem trauen.

Die Regierung ist nach Moskau verschleppt, es gibt keine Direktiven, nur die notwendigsten, selbstverständlichen Hinweise – Ruhe bewahren, die Rückkehr der Regierung abwarten, es wird verhandelt, der Okkupationszustand kann nur von kurzer Dauer sein, keine Panik, keine Zusammenstöße provozieren, Benzin für Notfälle sparen. Es sind nicht diese Selbstverständlichkeiten, die wir brauchen, nur ihre Normalität, die Vergewisserung, daß so etwas wie ziviler Anstand weiterhin gilt, nüchterne Überlegungen, die letztlich auch einen Staat überflüssig machen, weil die Menschen erwachsen sind und sich selbst verwalten können, wenn die damit Beauftragten wegfallen. Vielleicht ist es das Positive an dem ganzen Alptraum dieses Überfalls – die Überflüssigkeit jeder Regierung, auch der vertrauenswürdigsten. Im Rundfunk wechseln sich die kargen Meldungen mit der Nationalhymne ab, als ein provisorischer, immer zu erwartender Abschied: »Wir wissen nicht, wie lange wir noch senden werden«, die Stimme der Ansagerin stockt. »Bitte bewahren Sie Ruhe. Verhindern Sie jedes Blutvergießen!«, dazwischen *Kde domov můj*, und Schüsse aus unmittelbarer Nähe des Senders. Als wir zum Rundfunkgebäude wollen, fahren vom Museum herunter russische Panzer und schießen. An der eben gebauten Unterführung in der Mitte des Wenzelsplatzes drängeln sich Menschen hinter den gestapelten Steinquadern, viele verstehen immer noch nicht, was eigentlich los ist; die ersten Sirenen von Sanitätswagen heulen.

Eine andere Szene: Tonnenweise flattern Flugblätter zur Erde, die Stadt ist weiß bedeckt, Prag für Sekunden unter einem Leichentuch erstarrt. In Nebenstraßen sammeln Kinder die Proklamation der Bruderarmeen und verbrennen sie aufgeregt, Passanten werfen sie in Papierkörbe, die fremden Soldaten kleben die Restbestände an Häuserwände und Zäune, neben die tschechischen Witze, die in den letzten Stunden zu Hunderten aufgetaucht sind, wie die trauerumflorte tschechoslowakische Trikolore an Ärmeln und Hemden.

Ich reiße einen dieser Papierfetzen herunter, als ein asiatischer Soldat aus einem nahestehenden Panzer angerannt kommt, ich solle das Flugblatt wieder aufheben. »Ich weiß, ihr wollt uns von der Konterrevolution befreien«, ich winke ab, ich bin zu müde. Er greift nach dem MG, das über seiner Schulter hängt, schreit, hebt das Papier, versucht es zu glätten und wieder anzukleben, aber der Leim haftet nicht mehr.

Später überlege ich, was ihn von einem Schuß abgehalten hat. Er war unausgeschlafen und gereizt, sicher auch hungrig.

Hätte ich Russisch gesprochen, hätte es ihn nicht erschüttert, es war nicht seine Sprache. Vielleicht deshalb? Das ist auch kein Trost.

Wir konnten sie nicht einschätzen. Die Polen und die Ungarn eher, die hielten sich an der Peripherie auf und versuchten, wenig zu schaden. Die Bulgaren waren eifriger, die Deutschen sturer, der Gegenstand unserer Wut aber waren die Russen.

Die erste Generation wurde ausgetauscht, dann kamen Abgehärtete, die bereits wußten, wo sie waren, und warum. Sie ließen die Bevölkerung nicht mehr an sich heran. Die ersten sollen zu einer ideologischen Umschulung nach Sibirien verschickt worden sein. Das Verblüffendste an Gerüchten ist, daß sie meist stimmen.

Ein anderes Problem waren die Touristen: Ein westdeutscher Bus hupt gegen die Okkupanten, die Insassen haben eine tschechische Fahne ergattert und schwenken und küssen sie emphatisch, dreißig Jahre nach München, drohen auch den Russen.

Heil zurückgekehrt von ihrer Politsafari, fragen sie heute: »Wie konntet ihr so naiv sein und glauben, die Russen würden sich *so etwas* gefallen lassen?«

Sie meinen den »Prager Frühling«, den »Sozialismus mit menschlichem Antlitz« – auch dies Ausdrücke, unmäßig strapaziert im Westen, bisweilen mit Pathos, ohne Kenntnisse interner Verhältnisse und ohne wirkliches Interesse an ihnen.

Die Realität ist viel nüchterner, als sie sie verstehen könnten.

Und auch viel köstlicher. Wir haben gern gelebt. Mager, angespannt, interessiert. Seit einiger Zeit war die *res publica* zur öffentlichen Sache geworden und die Menschen fühlten sich verantwortlich – zum ersten Mal seit Jahrzehnten.

Die kurze Zeit der Reform war die lebendigste, die ich kennengelernt habe.

Ihr Zerschlagen bedeutete eine Niederlage nicht nur für vierzehn Millionen inmitten Europas. Zwischen der Stumpfheit westlicher Schaufenster, der Apathie von Aufbauparolen im Osten war sie das Wissen von anderen Möglichkeiten.

Ein Sprung: Winter 1989. Auf dem Wenzelsplatz rasseln Tausende mit Schlüsseln, und die Menschen rufen nach Havel und nach Dubček. Ein historisches Foto zeigt, wie Havel Dubček umarmt, der Jüngere den Älteren.

Vorher, am 17. November, während der Demonstration zum fünfzigsten Jahrestag der Ermordung des Studenten Jan Opletal durch die deutschen Okkupanten, wurden Studenten von kommunistischer Polizei mit Schlagstöcken und Wasserwerfern durch die Nationalstraße getrieben, die Häuser abgeriegelt; die Menschen versuchten, sich unter Autos zu retten. Brutal wütend und ohnmächtig ging eine Ära zu Ende. Der größte Maschinenbaubetrieb ČKD schloß sich den Studenten an, auch andere: »Wir lassen unsere Kinder nicht mehr schlagen«, stand auf den Transparenten. Diese Kinder, die 1968 noch nicht auf der Welt waren, haben ihre müden, desillusionierten Eltern an etwas erinnert. »Wir, die Studenten von 68, sind stolz auf unsere Kinder!« »Welcome, Godot!«

Der Alltag 93 ist pragmatisch. Die Ideale der *sanften Revolution* sind verflogen, die Vorstellung eines *Sozialismus mit menschlichem Antlitz* verblaßt, belächelt. Das magische Jahr 68. In der Tschechoslowakei war es härter als der Karneval in Paris, gefährlicher als die Studentenunruhen in Westdeutschland. Doch: Die Menschen brauchten einen Augenblick lang keine Regierung. Vielleicht war es für lange Zeit die letzte Utopie.

August 1993

Die lebenden Fackeln

Er hatte einen weißen Kunststoffeimer mit Deckel gekauft, den er später mit Benzin füllte. Das besorgte er sich an der Tankstelle in der Opletalova ulice, wo auch die Mensa liegt. Die Essenmarke für den 16. Januar ist abgerissen. Bevor er die Sachen kaufte, warf er einige Briefe vor der Hauptpost in der Jindřišská ein. Danach gab es für ihn kein Zurück mehr. Ein Bericht über die letzten Momente und Überlegungen eines Zwanzigjährigen, der sich entschlossen hat, sich zu verbrennen, ist unvorstellbar; die Lücken darin sind das Wahrste.

Seine letzten Stunden laufen auf dem Wenzelsplatz und in den angrenzenden Straßen ab. Mit dem Eimer Benzin geht er gegen vier Uhr zum Nationalmuseum, legt seine schwarze Aktentasche am Fuß der Treppe ab, in den Brunnen, der jetzt im Winter ohne Wasser ist. Hebt den Deckel vom Eimer, gießt sich das Benzin über den Kopf und die Kleidung, zündet ein Streichholz an. Brennend rennt er über die Fahrbahn auf den Bürgersteig zu, die Bewegung ist wohl durch den ungeheuerlichen Schmerz ausgelöst. Zur Stunde sehen entsetzte Menschen eine Flamme über die Fahrbahn laufen, an der belebtesten Stelle der Stadt. An der Straßenecke sinkt er zusammen.

Bevor die meisten begreifen, was sie sehen, wirft der Dispatcher der städtischen Verkehrsbetriebe Jaroslav Špirk seinen Mantel über ihn und erstickt das Feuer. Sirenengeheul, der Sanitätswagen ist fast gespenstisch schnell zur Stelle, er wird ins Krankenhaus in der Leger-Straße gebracht.

Ich bin kein Selbstmörder! sagt er, als sie ihn in den Saal bringen.

Er galt als Einzelgänger, schweigsam, höflich und rücksichtsvoll bis zur Lächerlichkeit. Ein Jahr zuvor, noch als Student der Ökonomie, war er in den Ferien in der Sowjetunion bei einer freiwilligen Arbeitsbrigade und hatte dort durchgesetzt, daß sie ordentliches Essen bekamen und daß die Schikanen des sowjetischen Lagerleiters aufhörten. Auch, daß der russische Student, der ihre Forderungen vortrug, nicht aus dem Komsomol ausgeschlossen wurde, womit er seinen Studienplatz verloren hätte. Es war ein individueller Einsatz, ohne Agitation, ohne Absprache mit den anderen. Ein Jahr später fuhr er wieder hin, er verstand sich mit den Menschen dort gut. Nach den Ferien hatte er an der philosophischen Fakultät das Studium der Geschichte angefangen. Im September 1968 fuhr er noch zur Weinlese nach Frankreich, in die Nähe von Dijon, wollte auch im nächsten Jahr kommen. Der Bauer, bei dem er arbeitete, erkannte ihn dann auf Bildern in den Zeitungen.

Er hatte niemandem etwas gesagt. In den Briefen schreibt er von einer Gruppe. Es fanden sich keine Spuren zu weiteren Mitgliedern. Auch das Los – wie wurde gelost? *Ich hatte die Ehre, die Eins zu ziehen und erwarb damit das Recht, die ersten Briefe zu schreiben und als erste Fackel anzutreten.* Hat Jan Palach diese Gruppe erdacht, um seinen Forderungen Nachdruck zu verleihen? *Wenn unsere Forderungen nicht binnen fünf Tagen erfüllt werden ... werden weitere Fackeln entbrennen. Fackel Nr. 1.* Die Forderungen nehmen sich neben seiner Tat geradezu bescheiden aus: 1. die sofortige Abschaffung der Zensur, 2. die Einstellung der Kollaborantenzeitung ›Zprávy‹, ›Nachrichten‹. Kein Appell an die Okkupanten, das Land unverzüglich zu verlassen. Er ist überzeugt, wenn der innere Widerstand im Lande, die Intelligenz, die Studenten und die Arbeiter geschlossen bleiben, wie im August, wird die einheitliche

Haltung der Bevölkerung die Besatzer zum Abzug zwingen. Nicht gegen die fremde Übermacht ist seine Tat gerichtet, die er allein dazu nicht bewegen kann, sondern gegen die Trägheit im eigenen Lande, gegen die Apathie, gegen das langsame Sichgewöhnen – auch an das Schlimmste.

Fünfundachtzig Prozent der Haut – Verbrennungen dritten Grades, schon bei fünfzig Prozent ist die Chance zu überleben nahe Null. Er lebt noch vier Tage. Versucht zu lächeln, als sie die Mutter und den Bruder zu ihm lassen, will sogar noch mit zwei Studenten sprechen vor dem Tod. Der Studentensprecher hat sich Notizen gemacht, das Protokoll ist voller Auslassungen, Unverständlichem, nicht zu Ende Gesagtem, das Sprechen mußte ihm schon eine Qual sein. *Rettet die Studenten* ... Er versucht noch, einen Namen auszusprechen. Gab es doch Hinweise auf eine Gruppe? Das Gesicht unter der Gaze noch kenntlich, Hände und Beine unterm Verband, der Körper ... Die Vergiftung schreitet voran. Am vierten Tag ist es zu Ende.

Das Mädchen, das auch dabei war, liest dann eine ›Botschaft‹ von ihm vor, die Sätze sind zu kohärent: »Es soll keiner nachmachen.« So hätten sie es gern.

Die Vertuschungsmaschinerie lief bereits auf vollen Touren. Die Ärztin, die Schwestern verhört, unter Druck gesetzt, unterschlagene Tonbandaufnahmen, keine Protokolle. Er wollte bis zuletzt wissen, was seine Tat bewirkt hatte, ob sich etwas im Lande gerührt hatte, die Menschen, die Regierung. *Es ist zu wenig!* sagte er, als ihm die Ärztin die Zeitungen vorlas, die Fassungslosigkeit aus der ganzen Welt – er wartete immer noch, wollte nicht sterben.

Der Rektor, der Kultusminister, der Dekan beschworen bei seinem Begräbnis am 25. Januar die ›junge Generation‹: »Das Land braucht Sie lebendig!«

Die Regierung besorgt um Ruhe; Svoboda, Dubček,

Černík, Smrkovský bekunden im gemeinsamen Telegramm an die Mutter ihre Anteilnahme, auf die Forderungen des Sohnes geht man nicht ein. Die Zensur verschärft sich, bald ist die Zeitung ›Zprávy‹ überflüssig; die Kollaborateure sitzen bereits in den alten Redaktionen. Die Entwicklung hat ihren Lauf genommen, die ›Normalisierung‹ der kommenden zwanzig Jahre, die Okkupanten, die es sich im Land bequem machen.

»Wir bitten Sie, die mutige, aber verzweifelte Tat von Jan Palach niemals mehr zu wiederholen!«

In den Tagen und Wochen nach Jan Palachs Tod kam es an mehreren Orten Europas zu öffentlichen Versuchen von Selbstverbrennung.

Am 20. Januar 1969 in Plzeň der fünfundzwanzigjährige Arbeiter der Brauerei, Josef Hlavatý.

Am 22. Januar in Brno am Katafalk für Jan Palach der dreiunddreißigjährige Miroslav Malinka, Bauarbeiter.

Der siebzehnjährige Sándor Bauer in Budapest.

Der achtundfünfzigjährige Enrico Autognotti in Genua.

Es gab weitere Fälle, in der Tschechoslowakei und andernorts.

Die Behörden sprachen meist von psychisch Kranken oder kriminalisierten die Motive.

Einen Monat nach Jan Palachs Begräbnis, am 25. Februar 1969, verbrannte sich der achtzehnjährige Schüler Jan Zajíc unweit der Stelle Jan Palachs. Im Kesselraum des Hauses Wenzelsplatz Nr. 39 zog er sein Hemd aus, begoß sich aus zwei Fünfliterflaschen mit einer leicht entflammbaren Flüssigkeit und zündete sich an. Er wollte auf die Straße laufen, nach zehn Metern blieb er auf der Treppe liegen; der Tod trat unmittelbar ein. Er hinterließ vier Briefe und ein Gedicht für Jan Palach. Sein Gesicht gehört zu den schönsten und offensten, die ich kenne.

Im April des Jahres verbrannte sich in Jihlava der vierzigjährige Reformkommunist Evžen Plocek, Betriebsrat, Vater eines dreizehnjährigen Sohns. Die Nachricht über seinen Tod gelangte nur in die Lokalpresse, den Behörden gelang es, sie weitgehend zu vertuschen. Es war am Karfreitag, auf dem Hauptplatz der Stadt, umsäumt von Renaissancehäusern, auf der Kirmes, zwischen Karussells. Er trug bei sich die letzte Nummer der bereits verbotenen kommunistischen Zeitung ›Politika‹. In der Drogerie auf dem Platz kaufte er zwei Flaschen Nitroverdünner, mit dem er sich in einem Hausdurchgang begoß. Im Vorbeigehen hatte er auf das Pult einer Schießbude einen Zettel geworfen. Vor dem Sekretariat der KP hat er sich angezündet; Evžen Plocek hatte bei sich nur ein einziges Streichholz, als hätte er das Schicksal herausfordern wollen, die Flüssigkeit flammte sofort auf. Die Leute glaubten zuerst an eine Attraktion. Als man ihm endlich den Mantel heruntergerissen hatte, brannte bereits die Haut. Er starb langsam, wieder vier Tage. Trotz seiner Verbrennungen wurde er einem Polizeiverhör unterzogen. Bis zuletzt bestand er darauf, daß seine Tat politischer Protest war. Sein Begräbnis war die letzte freiwillige Demonstration der Bürger von Jihlava. Trotz des Verbotes wurde an der Spitze des Trauerzuges die tschechoslowakische Fahne getragen, an seinem Grab die Nationalhymne gesungen. Da Evžen Plocek außerhalb Prags starb, konnten sein Name und sein Tod lange unterschlagen werden.

Laut der Propaganda der Kollaborateure sollte sich Palach ursprünglich nur mit einer sogenannten kalten Flamme anzünden, die Verschwörer hätten jedoch gestümpert oder ihn absichtlich getötet, um Unruhen zu provozieren. Etwas weniger Stumpfsinniges ist ihnen nicht eingefallen, auf eine solche Radikalität waren sie nicht gefaßt: *Angesichts dessen, daß unsere Nationen am Rand der Hoffnungslosigkeit angelangt sind, haben wir uns entschlossen, unserem Protest Ausdruck zu verleihen und das Volk dieses Landes auf folgende Weise wachzurütteln. Unsere Gruppe besteht aus Freiwilligen, die entschlossen sind, sich für unsere Sache zu verbrennen. Ich hatte die Ehre, die Eins zu ziehen* ... Diese außerordentlich qualvolle Art des Sterbens ist in Europa kein üblicher Freitod.

Jan Palach kannte die Berichte über die Selbstverbrennungen buddhistischer Mönche in Südvietnam, in seiner Hinterlassenschaft fanden sich Zeitungsausschnitte darüber. Er war überzeugt, daß ihr Tod etwas bewirkt hatte. Seit der Kindheit und als angehender Historiker interessierte er sich für die Gestalten der Vergangenheit – Žižka, Komenský, Hus, Hieronymus von Prag, der ein Jahr nach Hus in Konstanz verbrannt wurde.

Jan Palachs Tod fand Nachfolger; es gab einen Vorgänger, von dem er nicht wissen konnte.

Während des Erntedankfestes am 8. September 1968, drei Wochen nach der Besetzung der Tschechoslowakei, hat sich im ›Stadion der Jahrzehnte‹ in Warschau der neunundfünfzigjährige Ryszard Siwiec aus Przemysl verbrannt, Magister des Rechts, Vater von fünf Kindern, ein gläubiger Katholik, im Krieg Untergrundkämpfer. Vor der Tribüne der politischen Führer, während einer Rede von Gomulka über die Erfolge der polnischen Wirtschaft, begoß er sich mit vier Flaschen Verdünnungsmittel und verteilte Flugblätter. Als die Rede auf die brüderliche Hilfe für die Tschechoslowakei kam, zündete er sich an, unter dem Ruf *Ich protestiere!* Im entstandenen Tumult gelang es der Polizei ihn fortzubringen, fast ohne Aufsehen.

Gomulka sah diesen Menschen vor der Tribüne brennen und sprach weiter.

Die Familienmitglieder wurden später einem systematischen Druck ausgesetzt, Zeugen mit Geld zum Schweigen gebracht.

Ryszard Siwiec hatte seine Tat vorbereitet; bereits im April 1968, nach dem Massaker an polnischen Studenten, hatte er für seine Kinder ein Testament geschrieben. »Denkt daran, daß das Vaterland nicht nur Ihr seid, sondern auch der verwirrte polnische Polizist, der Dich mit dem Knüppel schlägt und tritt, weil Du Freiheit forderst.« Die Okkupation der Tschechoslowakei war für ihn der letzte Auslöser. Die Mitarbeiter des Krankenhauses haben es vor seinem Tod noch ermöglicht, daß seine Erklärung auf Tonband aufgenommen wurde.

Auch das Sterben von Ryszard Siwiec dauerte vier Tage. Nur Jan Zajíc starb schnell.

Als Václav Havel im Januar 1989 an der Stelle Blumen niederlegte, wo Jan Palach vor zwanzig Jahren sich verbrannt hatte, wurde er erneut verhaftet. Im November stürzte das Regime, nach einem letzten brutalen Einsatz gegen die Studenten. Die Bilder von Tomáš Masaryk, Václav Havel, Jan Palach, Jan Zajíc, die am Denkmalsockel des heiligen Václav zum Wallfahrtsort geworden waren, für Millionen Menschen, denen es jahrzehntelang verwehrt war, ihre Helden zu ehren, durften landesweit gezeigt werden. Der Platz vor der philosophischen Fakultät, seit Januar 1969 spontan Jan-Palach-Platz genannt, trägt seinen Namen jetzt offiziell. Als er noch mit der Hand geschrieben war, über die alten Schilder ›Platz der Rotarmisten‹ geklebt, heimlich, unter Risiko angebracht, hatte er mehr Wirkung. Offizielle Schilder verwittern schneller im Gedächtnis.

Fünf Jahre Freiheit: Am Abend gehört der Wenzelsplatz Zuhältern und ihren privaten Schlägern, die sich Hilfspolizei nennen und in ihrer Brutalität und Korruptheit der früheren staatlichen in nichts nachstehen, viele rekrutieren sich aus ihr; sie bewachen in den Passagen das Geschäft, die Mädchen, meist noch sehr jung. Die nichtsahnenden Touristen, die sich hierher verirren, kommen sich couragiert vor.

Tagsüber ist der Platz öde, steril, keine lebende Ader, keine Straßenbahn, die in eine Fußgängerzone gehört, kein *Dispatcher*, statt dessen Taxis vor den Hotels für Ausländer. Das Museum, nach dem Beschuß der russischen Panzer neu ausgemörtelt, ist durch einen Zaun aus verdreckten Metallstangen von der Straße getrennt, bereits in den frühen Tagen der Normalisierung angebracht. – Keine Fackel sollte mehr über die Fahrbahn laufen können.

Im Atelier eines befreundeten Bildhauers: an der Wand die Totenmaske von Jan Palach. Die Ähnlichkeit ist ein Kompromiß zwischen dem toten Gesicht mit Brandblasen und dem letzten Foto, das die Mutter gebracht hatte, noch ohne die Erfahrung der Okkupation in den Augen.

Die Grabplatte wurde nach achtzehn Tagen vom Friedhof entfernt, die Rentnerin als Nachtwächterin in dem metallverarbeitenden künstlerischen Volksbetrieb ZUKOV in Prag-Holešovice während einer Schicht nach Hause geschickt. – ›Oma, Sie wollen sicher noch vor Weihnachten Plätzchen backen.‹ Am nächsten Tag war ein Ofen überraschenderweise heiß und der Betrieb um 350 Kilogramm Bronze reicher. Später hieß es, auf Wunsch der Familie wäre die Leiche, die Überreste von Jan Palach, in das Familiengrab in Všetaty, 35 Kilometer nördlich von Prag, gebracht worden.

Zu dem Grab in Prag-Olšany pilgerten die Menschen

weiter, auch wenn dort jetzt eine Frau bestattet war; es war sein Grab.

Seine Mutter hatte jahrelang standgehalten, sie wollte, daß ihr Sohn nach dem Tod Ruhe hatte. Als sie endlich zermürbt nachgab, 1973, wurde nicht sein Sarg überführt, er wurde nachträglich eingeäschert. Eine Urne ist beim Umzug handlicher und unauffälliger. Einen Verbrannten noch einmal zu verbrennen – das Regime konnte sich kaum mehr entblößen.

Von dem verkohlten Jan Zajíc gibt es keine Totenmaske. Während der drei Tage zwischen der Selbstverbrennung Jan Palachs und dessen Tod am 19. Januar war er mit vier anderen in einen Hungerstreik vor dem Nationalmuseum getreten, danach blieb er schweigsam. Die Mutter dachte, er hätte Liebeskummer oder Prüfungsangst. Nach seinem Tod brachte sie dem Bildhauer sein Bild für eine Grabplatte: »So wie für Jan Palach, damit sie zumindest im Tod gleich sind, wenn schon meinen Sohn keiner kennt.«

Die Polizei war diesmal besser vorbereitet, der Zwischenfall blieb weitgehend unbemerkt, nur ein paar Gerüchte gingen um, es gab schließlich auch keine Leiche. Jan Zajíc hatte das Benzin getrunken, bevor er sich mit dem Rest übergossen hatte, auf die nackte Haut.

Es reichte diesmal nur für Sandstein, eine kleine Nation kann sich zwei Märtyrer in so kurzer Zeit nacheinander nicht leisten. Die Reliefs für beide sind gleich konzipiert – eine halb versunkene, nur als menschlicher Rest vorhandene Gestalt. Es gibt sie, gab sie bis unlängst nur als Gipsmodell im Atelier des Autors. Die Platte für Jan Zajíc wurde damals nicht realisiert, auf dem Familiengrab in Vítkov bei Opava in Nordmähren liegt nur ein Stein. Den Namen durfte man anbringen. Auf dem Bild, das seine Mutter brachte, lächelt er kindlich schüchtern. Meine Toten.

Unter den hinterlassenen Sachen von Jan Palach, die die Polizei der Familie ausgehändigt hat, findet sich ein Leserausweis der philosophischen Fakultät für die zentrale Skript-Ausleihstelle, die Mitgliedskarte des Leseklubs, eine Monatskarte der städtischen Verkehrsbetriebe, Essenmarken für die Mensa in der Opletalova-Straße, bis zum 16. 1. 69 abgerissen, ein Lehrbuch des Lateinischen. Ich kenne alles, bis zu der Zahnbürste, ›gebraucht, orangefarben‹. Ein schwarzer Knopf, auf einem Stück schwarzen Stoff angenäht, der Ausweis für den Blutspendedienst, er hatte auch einen in Russisch, die Vorladung zum Pflichtröntgen für Spender; ein Taschenmesser, einfach, aus Blech, ein Kugelschreiber, blau, mit der Aufschrift Sparta-Praha. Die Fotografie einer Frau – ein Hochzeitsfoto, eine Trikolore mit den Nationalfarben und der Inschrift Svoboda-Dubček in einer Igelithülle. Der Ausweis fürs Kino Ponrepo, wo alte Filme liefen, schwarzweiß, unsynchronisiert, wo ich mehr Zeit verbracht hatte als in Vorlesungen.

Ich erkenne alles, bis zu den Handschuhen, jeder anders.

Als er sich verbrannte, war ich im Kino. In ›Onibaba‹, auf dem Wenzelsplatz, nur ein paar Meter entfernt. Hätte er geschrieen, hätte ich ihn wahrscheinlich hören können.

Fünfundzwanzig Jahre. Ich habe ihm mein erstes Buch gewidmet, namentlich; mein zweites, mein drittes …

Ein Vierteljahrhundert. Ich sehe alles vor mir: den nassen Schnee an dem Tag, die Uhr, die dem Angestellten der Verkehrsbetriebe verliehen wurde, der über ihn den Mantel warf, mit dem eingravierten Datum 16. 1. 1969.

Januar 1994

Prag der neunziger Jahre

Die Gastarbeiter in Prag kommen heute nicht mehr aus Vietnam oder Kuba, sondern aus England und den USA. Ihre Tätigkeit: diverse ›Berater‹, Dolmetscher, Englischlehrer, Touristen auf Zeit, die ihren Aufenthalt mit Gelegenheitsjobs strecken. Die vielen Firmen in Prag, die aus dem Boden schießen – und etliche, die wieder genauso schnell verschwinden –, suchen Flexibilität, Leichtigkeit, Weltoffenheit und Englischkenntnisse. Das alles können die jungen Absolventen der US-Universitäten, die zu Hause meist keine Chance haben, bieten.

Offiziell leben zwischen zehn- und fünfzehntausend Amerikaner in der Stadt, ihre reale Zahl dürfte weit höher liegen. Vornehm auftretende englische *squatters*, Obdachlose, bevölkern die Abbruchbuden der Altstadt, wissen, wo das billigste Bier zu haben ist und kennen sich in den unterschiedlichen Preisen der Bäkkereien und Milchläden schneller aus als die Prager. Die einheimische Bevölkerung, an feste Preise im Sozialismus gewöhnt, bleibt hinsichtlich der Anpassungsfähigkeit hinter den kapitalistisch gehärteten Westlern zurück. Sie werden geduldet, mit einiger Neugier und Belustigung zur Kenntnis genommen. Die jungen Amerikaner tragen ihre Visitenkarten bei sich, d. h. sie haben sie an: ihre Mützen, mit dem Schild grundsätzlich nach hinten getragen, Jacken, überlange Pullover und T-Shirts mit den zahlreichen Aufschriften verraten nicht nur, aus welchem Staat und von welcher Universität sie kommen, sondern meist auch ihre politische und religiöse Überzeugung und welchem *football team* sie anhängen.

Die erste Welle kam von der Ostküste – der Nachwuchs der New Yorker Intellektuellen, mit ihren europäischen Traditionen und Wurzeln, inzwischen dominiert der Westen: jeder dritte amerikanische Bohemien in Prag kommt im Augenblick angeblich aus Santa Barbara; das kann sich morgen wieder ändern.

Was suchen sie in Prag?

Es ist ein Versprechen, das in der Luft liegt, in der Atmosphäre der Stadt: »Wir leben am ›Linken Ufer‹ der neunziger Jahre. Für einige von uns ist Prag eine *Second Chance City*, wo alles möglich ist und oft gar nichts geht ... wer weiß, was morgen sein wird. Aber wir alle hier wissen, daß wir an einem historischen Ort leben, und zu einer historischen Zeit. Künftige Hemingways und Fitzgeralds werden unsere Schritte aufzeichnen ...« Der Artikel des New Yorker Journalisten Alan Levy, 60, in der ersten Nummer der ›Prague Post‹ erschienen, aber auch in den USA gedruckt, hat zu einer Aufbruchsstimmung, einem wahren Goldfieber beigetragen. Die ersten Amerikaner kamen zwanzig Jahre nach dem kommunistischen Umsturz von 1948, darunter der Dichter Allen Ginsberg, der unter der Karlsbrücke seine Zelte aufschlagen wollte. Sie mußten nach der sowjetischen Okkupation 1968 das Land wieder als ›CIA-Spione‹ verlassen. Im Zug der ›sanften Revolution‹ im Herbst 89, beeindruckt und angezogen von der Persönlichkeit Václav Havels, ist die nächste Generation gekommen. Für viele war es ein Kulturschock – die meisten kamen aus Orten, die keine hundert Jahre alt sind. Inzwischen gibt es mehrere englischsprachige Zeitungen in der Stadt, mehr oder weniger professionell – die ›Chance‹, auf die junge Intellektuelle zu Hause lange warten müssen, bekommen sie hier. Die profiliertesten Blätter sind ›The Prague Post‹ und ›Prognosis‹; die Besetzung der Redaktion wechselt, wie auch der Standort; die Mieten werden auch in Prag immer höher.

Was bleibt, ist der Elan und der Optimismus der Neuankömmlinge, ihr unerschütterlicher Glaube, daß ihnen die Welt ohnehin gehört. Ob Prag der neunziger Jahre zum Paris der dreißiger wird, wird sich zeigen; aber auch ohne Hemingways, Fitzgeralds oder Ginsbergs findet gegenwärtig ein faszinierender Austausch statt, mit Prag als Korrektiv, eine kulturelle Osmose zwischen Europa und Amerika.

Prag zieht nicht nur den akademischen Nachwuchs der USA an, sondern vor allem immer unübersichtlichere Scharen von Touristen. Deutsch ist nicht mehr die häufigste Fremdsprache in der Stadt, auch nicht mehr die lauteste, es überwiegt Italienisch, auch Spanisch und Französisch hört man immer öfter. Wann die trinkfreudigen Skandinavier dieses neue Mekka entdecken, ist nur eine Frage der Zeit.

Davon kann sie auch die schlechte Luft und die bedrohlichen Siedlungen am Horizont nicht abhalten, beides kennen die meisten von zu Hause auch.

Was Prag für sie so attraktiv macht, sind nicht nur die lächerlich niedrigen Lebenskosten für Besucher mit harter Währung, sondern immer noch die einmalige Schönheit der Stadt.

Die Moldau ist eigentlich klein, aber in kaum einer anderen Stadt Europas findet sich eine so großzügige Flußanlage, wie es das schräge Wehr vor der Karlsbrücke andeutet, mit seinen Möwen, Schwänen, Enten. Damit verglichen wirken die Themse in London, der Tiber in Rom oder die Seine in Paris – vor allem nach der Begradigung ihrer Ufer wegen der *Periphérique* – eingeengt, rein funktional eingefaßt, ohne Phantasie. Das Wasser allerdings dürfte in allen gleich dreckig sein.

Einzigartig ist die Verbindung zwischen Landschaft und Architektur. Man spricht von den Hügeln Roms, in

Prag sieht man sie. Die dominante Burg mit dem Veitsdom erstreckt sich über den Dächern der Kleinseite – schon in der Landschaft spiegelt sich die Struktur, die Idee der Stadt. Karl IV. war kein Krieger, aber ein begnadeter Städtebauer und Herrscher. Er gründete 1348 die Universität und ließ neue Stadtteile entstehen, die er mit einer Steinbrücke an die Altstadt anschloß.

In den Mörtel der Karlsbrücke wurden beim Bau für größere Festigkeit Eier geschlagen. Die Ortschaft Velvary hat ihren Pflichtanteil gekocht gebracht – das steht zur Belustigung in Touristenführern.

Worüber sie schweigen, sind die Roma-Zuhälter auf dem Wenzelsplatz und die Prostituierten, meist noch sehr jung. Gelegentlich wird verlegen eine Warnung ausgesprochen.

Der Volksmund hat den Wenzelsplatz prompt auf *forum romanum* umgetauft – auf diese Weise versuchen die Bürger der Stadt, die sich an die Sitten der neuen Zeit nicht so schnell gewöhnen können, mit diesem Phänomen fertig zu werden.

Der Wenzelsplatz ist eigentlich kein Platz, sondern eine lange, breite Straße, früher der Roßmarkt.

Das Gesicht des heiligen Václav hat der Bildhauer Myslbek nach seiner Tochter modelliert, und das Pferd hat ein Zöpfchen an der Stirn; dieses Reiterdenkmal hat wenig Martialisches an sich. Es ist der Ort, wo die Prager schweigend stehenbleiben.

– Am Sockel des Denkmals befinden sich Bilder von Tomáš Masaryk, dem ersten Präsidenten der Tschechoslowakei, und von Václav Havel, ihrem letzten. Von Jan Palach und Jan Zajíc, die sich aus Protest gegen die Okkupanten an diesem Ort verbrannt haben. Jan Zajíc war achtzehn, ein Schüler, ›die Fackel Nr. 2‹. Bevor er sich mit Benzin übergoß und anzündete, hatte er die Hälfte getrunken; von ihm ist nicht viel übriggeblieben; nur dieser klare Blick in einem Gesicht, vor dem ich lange stehen bleibe.

Auch vor der Platte an der Cyril-und-Metoděj-Kirche in der Resslova ulice, mit den Namen der Fallschirmspringer, die das Attentat auf Heydrich ausgeübt haben und vierzig Jahre lang nicht erinnert werden durften. In der Krypta der Kirche kämpften sieben von ihnen gegen 350 Gestapoleute, stundenlang.

Am unteren Ende der Straße, am Kai der Moldau, wohnt der Präsident, in einem Haus, das um die Jahrhundertwende von seinem Großvater Václav erbaut wurde. Aus dem obersten Stock sieht er auf den Hradschin, wo er offiziell residiert, und auf den Laurenziberg, Petřín.

Kafkas erste Erzählung, »Beschreibung eines Kampfes«, spielt auf dem Berg, und »Der Prozeß« endet dort in einem verlassenen Steinbruch. In der Neruda-Gasse spielen die »Kleinseitner Geschichten« und in der jüdischen Stadt Gustav Meyrinks »Golem« und die Reportagen von Egon Erwin Kisch. Die Stadt ist voll Anspielungen, Zitaten – eine offene Bühne, ein permanenter Karneval. Die jungen Mädchen sind so schön, daß ich mich dauernd umsehe – sportlich, schlank, gelassen. Sie haben Witz und Anmut.

Man sieht sie abends auf der Karlsbrücke, wo sie mit ihren Freunden auf dem Pflaster hocken und singen, vor dem Hus-Denkmal auf dem Altstädter Ring, im Foyer der philosophischen Fakultät oder in der Kunsthochschule gegenüber, an der Moldau und auf dem Petřín, umschlungen mit ihrem Freund oder lesend auf einer Bank.

Man sah sie auf der Nationalstraße am 17. November 1989, als die Polizei die Hauseingänge verriegelt hatte und die demonstrierenden Schüler und Studenten vor sich her trieb, mit Schlagstöcken und Wasserwerfern. Dieses Massaker war das Ende eines Regimes, ein ohnmächtiges, brutales Eingeständnis seiner Niederlage. In der Passage auf der Nationalstraße in der Nähe des Nationaltheaters sind Kerzen und zerflossenes Wachs an der Wand, neben der Plastik zweier Hände: ein Denkmal für die Opfer der blutigen Demonstration, mit der eine Epoche zu Ende ging.

Kinder: Unlängst hat mir ein Leser aus Graz über seinen ersten Besuch in Prag geschrieben: »... Einmal waren wir in einer Vormittag-Vorstellung des Marionettentheaters Spejbl & Hurvínek. Aber noch mehr als vom schönen Spiel waren wir nachher von einer Begebenheit eingenommen, die für die Prager augenscheinlich eine Selbstverständlichkeit war. Zu den Besuchern zählte auch eine Kindergartengruppe mit etwa zwei Dutzend Vier- und Fünfjährigen, die hernach genauso wie wir zur Metrostation am Friedensplatz gingen. Dort fährt der rasante ›Reißzug‹ in die Tiefe. Die beiden Kindergärtnerinnen gaben jedem Hinunterfahrenden je ein Kind, und die Erwachsenen wie auch die Jugendlichen nahmen fürsorglich die Kleinen an sich und beförderten sie sicher hinunter. Nach einer Minute waren sie wieder in ihrer gewohnten Doppelreihe ...«

Trotz der überwiegend freundlichen, euphorischen Atmosphäre, bedingt durch die Schönheit der Stadt und die Sprachbegabung der Tschechen, empfiehlt es sich, einige Grundsätze in *basic Czech* zu beherrschen Dobrý den – guten Tag, děkuji – danke, prosím – bitte, nashledanou – auf Wiedersehen.

Statt dessen können die Touristen zuverlässig nur eins: pivo. Dann werden sie allein trinken müssen; die Prager können es sich bei den galoppierenden Preisen in ihrer eigenen Stadt ohnehin kaum noch leisten. Vielleicht am Stadtrand, in Arbeiterkneipen, mit ein paar kundigen *squatters* aus Cambridge als Kumpel.

Magische Orte. Der italienische Bohemist Angelo Ripellino hat das legendäre Buch »Praga magica« geschrieben. Wer sich auf die Stadt einläßt, kann sich ihr nicht mehr entziehen. »Dieses Mütterchen hat Krallen«, wußte Kafka. In meinen Büchern kommt sie immer wieder vor, auch wenn ich über so entlegene Landschaften wie Sibirien, Japan oder Grönland schreibe. Die Stadt ist magisch und gleichzeitig sehr konkret, von einer fast schmerzhaften Schönheit und mit einer Jugend, die ihre Freiheit probt – ohne Vorbilder, ernst und realistisch.

Mai 1993

Feindbilder

Welchen Anteil hat Sprache an der Hervorbringung von Feindbildern? *Nomina ante res*, wußten die Nominalisten. Aber auch für die Universalisten ist die Macht der Sprache nichts Fiktives. Wegen des Attributs »böse« ist der Wolf beinah ausgerottet worden, und die »Raubvögel« werden schnell zu »Greifvögeln« umbenannt, damit die restlichen erhalten bleiben. – Ein fast harmloses Beispiel angesichts der menschlichen Geschichte in diesem Jahrhundert.

Aber Schweigen kann Feindbilder genauso begünstigen.

Die türkischen Jugendlichen mit ihren Kampfhunden im Kleistpark gegenüber, sie hetzen zwei aufeinander, den unterlegenen treten sie, zwingen ihn, weiterzukämpfen. Sie verbreiten Angst, die alten Frauen mit ihren Pudeln trauen sich nicht mehr hinein. Die Einheimischen sehen ihre Vorurteile bestätigt, schauen mißbilligend weg und schweigen. Statt diesen Berlinern zu sagen, daß sie hier als Bürger Pflichten haben – und daß dazu in erster Linie Rücksicht gehört!

Zugegeben, meine Intervention hat nicht viel gebracht. Von einer Frau lassen sie sich nichts sagen, höre ich, immerhin zeigen sie eine gewisse Verwunderung darüber, daß ich mich überhaupt in die Nähe gewagt habe. Ein Mann hätte vielleicht mehr erreicht, ich habe aber noch nie einen erlebt, der es versucht hätte.

Die gleiche Teilnahmslosigkeit, wenn sich ein paar brüllende Kahlköpfe zusammenrotten und gegen Schwächere vorgehen, ob Ausländer, Behinderte oder Obdachlose. Schweigen kann tödlich sein, es gab aber auch Fälle, daß sie von Passanten angefeuert wurden.

Ich merke, ich habe auch meine Feindbilder.

Ein paarmal konnte ich mich korrigieren.

Als ich in die Bundesrepublik kam, fielen mir die vielen Versehrten und Behinderten auf, die Rollstühle, Stöcke, Brillen. Meine französische Freundin hat sich genauso gewundert. Mit Kriegsopfern konnten wir es nicht erklären, es waren immer mehr jüngere Menschen, Kinder.

Ich verband diese Unfälle mit einer unterschwelligen Spannung, die ich hier spürte, mit einer Aggression, die kein anderes Ventil fand als in einer riskanten Fahrweise, einer Verkrampfung, in der Autistik der Kinder.

Ich kann inzwischen aber die vielen Hilfsgeräte und Utensilien auch mit einer umfassenden sozialen Fürsorge, einer hochentwickelten Optik und einer Offenheit der Gesellschaft gegenüber Behinderten und ihrer besseren Integration verbinden, die nicht in allen europäischen Ländern selbstverständlich ist.

Ein anderes Beispiel ist privater Natur.

Ich sehe ein Bild, eine Momentaufnahme vom Januar 1941. Ein Mann hält vorsichtig ein Kind hoch. Das Kind sieht vor sich hin, mit aufgerissenen Augen, noch ohne etwas wahrzunehmen, mit weißem Flaum auf dem Kopf, es ist vier Wochen alt. Der Mann ist schmal, mit eingefallenen Wangen. Er hat eine Uniform an, bei deren Anblick ich zusammenzucke. Steifer dunkler Kragen mit hellen Streifen, das Schulterstück mit einem Knopf, über der rechten Brusttasche der Reichsadler mit Hakenkreuz: ein deutscher Soldat, wie ich sie seit meiner Kindheit aus Fotos und Filmen kenne – als Feinde, Okkupanten, Nazis, Faschisten. Er lächelt das Kind an. Das Kind ist mein Mann. Der deutsche Soldat ist sein Vater.

Es gibt noch andere Bilder. Zweieinhalb Jahre nach dem ersten Kriegsurlaub, Herbst 1943, der kleine Bruder ist auch schon da. Der Vater ist kaum wiederzuerkennen, keine Ausgehuniform mehr, alles grau, auch das Gesicht abgetragen, er hat den Rußlandfeldzug hinter sich, sieht um Jahrzehnte gealtert aus. Ich würde ihn eher der Großmutter zuordnen, die den Kleinen auf den Knien hält, während die Mutter neben ihm kindlich rund strahlt, stolz auf die beiden Söhne. Ich erkenne sicher nur die Uniform. Da sie diesmal so abgewetzt ist, stört sie kaum noch. Das Gesicht, die Hände werden deutlicher, die Gestalt. Der Mensch ist sehr müde.

Ich habe ihn nie gekannt. Er fiel mit sechsunddreißig Jahren, als er sich im Frühjahr 1945 in Oberitalien freiwillig zum Minenräumen gemeldet hatte, nachdem er wochenlang vergeblich auf Nachrichten von der Familie in Dresden nach dem Bombardement vom 13. auf den 14. Februar gewartet hatte. Dabei ist ihm ein Arm abgerissen worden, von den Stoffetzen, die die Granatsplitter in den Körper getragen hatten, bekam er eine Sepsis, an der er starb.

Ich stelle mir vor, wie mein Mann als vierjähriges Kind durch die brennenden Straßen von Dresden läuft, mit offenem Mund, wie ihm die Mutter sagte, damit ihm durch die Detonationen das Trommelfell nicht zerplatzt. Er versucht mich jedesmal zu beruhigen, es wäre auch spannend gewesen, die Flammen, die Farben am Himmel, abenteuerliche Sonnenuntergänge. Die kleinen, blassen Brandnarben auf seinen Knien und auf den Handrücken tut er mit einem Lächeln ab. An einiges erinnert er sich, vieles ist verschüttet; die achtzehn Stunden im Keller, bevor sie herausgeholt wurden, das Warten in einer Waschküche im Kessel mit kaltem Wasser, wohin sie sich vor dem Feuer retteten und wo die Großmutter zurückblieb, um der Tochter mit den beiden Kindern nicht zur Last zu fallen, sie wollte nicht mehr. Die Mutter, vom Rauch blind, mit einer Schußwunde am Bein, tastete nach den Kindern und torkelte weiter.

Jahrelang sind wir, nach dem Krieg Geborene, mit klaren Bildern von Feinden aufgewachsen.

Die russischen Uniformen kannten wir als die von Befreiern, von Freunden und Helden. 1968 kamen sie nach Prag als Okkupanten.

Die deutschen Uniformen bekamen im Laufe der Zeit keine Korrektur, keinen Schuldnachlaß. Feindbilder sind zäh.

Ich habe durch ein paar zufällig erhaltene Bilder eine Beziehung nachzuholen. ›Mein Schwiegervater‹ – die Uniform macht es schwer, ich muß mich durch den steifen Stoff zu dem Menschen dahinter erst durcharbeiten.

Dabei hätte ich auch in dieser Hinsicht anderes erfahren können.

Ende Mai 45. Meine Eltern sitzen in einem wieder geöffneten Gartenrestaurant in Prag und leisten sich das erste Bier im Frieden. In gewisser Hinsicht bin ich auch dabei, meine Mutter ist im sechsten Monat schwanger. Auf der Ausfallstraße wirbelt plötzlich Staub hoch, russische Soldaten auf Pferden treiben eine Kolonne deutscher Gefangener die Straße hinunter. Der Zug nimmt kein Ende. Angesichts der verdurstenden, erschöpften Menschen füllt mein Vater das leere Halbliterglas mit Wasser und bringt es ihnen. »Mindestens zwanzig haben davon getrunken«, erzählte er später, »manche haben nur die Lippen angefeuchtet und es weitergereicht, keiner hat sich vorgedrängt.«

Die Erschütterung meiner Mutter hat sich auch auf mich ausgewirkt, eine Zeitlang war meine Ankunft sehr unsicher.

Es gibt keine *diaplazentale Leihfeiung* gegen Windpocken, wissen die Mediziner. Auch keine gegen Feindbilder. Das heißt, ich bekam im Mutterleib keine Abwehrstoffe gegen die später erworbene Angst vor den Deutschen, durch Schule, Filme, Bilder, Bücher. Noch mit sechs, sieben Jahren wachte ich schweißgebadet aus Alpträumen auf, daß man mich in ein KZ verschleppen würde.

Einiges ist bis heute geblieben.

Namen: Mengele. Es ist mir unvorstellbar, daß es eine prosperierende Fabrik für landwirtschaftliche Maschinen unter diesem Namen in Bayern gibt, ohne daß die Nachkommen es für nötig hielten, ihn zu ändern.

Primo Levi wundert sich in seinem Buch »I sommersi e i salvati«, »Die Untergegangenen und die Geretteten«, dem letzten vor seinem Selbstmord, daß der Hersteller und Betreiber der Krematorien in Auschwitz, die Firma Topf und Söhne aus Erfurt, bis in die siebziger Jahre in Wiesbaden weiter tätig war.

Es gibt Grenzen des Vergessens, der Versöhnung. Nicht alles Grauen kann mit dem Wort Feindbilder verharmlost werden. Angesichts der sich immer steiler drehenden Spirale der Population, der totalen Überbevölkerung wäre es illusionär und leichtfertig zu glauben, daß menschliche Koexistenz ohne Feindbilder möglich ist. Am Ende des Jahrtausends gilt der Satz von Sartre wie je: »Die Hölle, das sind die anderen.«

Feindbilder sind Motor und Erhaltungsprinzip geschlossener Systeme, aber auch aus den offeneren Systemen der westlichen Demokratien sind sie nicht wegzudenken. Man kann aber versuchen, sie niedrig zu halten. Denn jedes Feindbild weniger bedeutet einen Freiheitsgrad mehr.

Oktober 1993

Nachweise

Kirschfeste – nach: »Kirschfeste feiern wie sie fallen«, Beitrag für den Schriftstellerkongreß »Ein Traum von Europa« vom 25. bis 29. Mai 1988 in Berlin, abgedruckt (verkürzt) in taz, 30. Mai 1988 und in: Frankfurter Rundschau 4. Juni 1988, komplett in Rowohlt Literatur Magazin 22/1988, Reinbek, in: Die Neue Gesellschaft/Frankfurter Hefte, 8. August 1988, LETTRE internationale 18, Automne 88, Paris und in: odjek, 1-15. septembar 1988, broj 17, Sarajevo

Semiaride Landschaft mit Küste – Beitrag für das Symposion »Literatur und politische Erneuerung; Von der Volksdemokratie zur Demokratie«, Wien, 28. bis 30. Mai 1990; abgedruckt (verkürzt) in ›Standard‹, 31. Mai 1990 und (tschechisch) in ›Tvar‹ 21/1990; komplett in Lettre international, Berlin, Nr. 9/90

Der Dichter als Brauch – Beitrag für die Steirische Akademie in Graz, 8. bis 13. Oktober 1990, abgedruckt in Lettre international, Berlin, 11/90; Lettre internationale 7, podzim 1992, Praha

Ortsbestimmung – Dankrede zum Chamisso-Preis in der Bayrischen Akademie der Künste am 22. Februar 1991; abgedruckt in: ›Gemeinsam‹, 21/Juni 1991, Essen

Zu Milena Jesenská – zusammengefaßt: »Politische Artikel soll man schreiben wie Liebesbriefe«, Besprechung der Reportagen in: taz, 12. Januar 1985, Falter 3/85 und: »Sie war ein lebendiges Feuer«, über die Biographie ihrer Tochter in: Frankfurter Rundschau, 25. März 1986 und Falter 7/86

Böhmen am Meer – aus: Meine Gedichte, NDR, Sendung am 11. Februar 1988

Der gute Geschmack und Ladislav Klíma – Die Zeit, 3. Dezember 1993, als: »Welt als Spiel & Ich als Gott«

Zwetschgen – nach der »Rede über Deutschland« (gekürzt), gehalten in den Münchner Kammerspielen am Totensonntag, 24. November 1991; veröffentlicht in: Reden über Deutschland, München 1991; als »Zwetschgen« in: Lettre international, Berlin 22/93

Kabbala der Welt; Blick in das Jahr 1991, SWF, 31. Dezember 1991

Prag, 21. August 1968 – zusammengefaßt aus: ›Wir haben gern gelebt‹ in: Profil, 22. August 1988, und ›Kurzer Frühling der Mündigkeit‹, Frankfurter Rundschau 21. August 1993

Die lebenden Fackeln – ›Die Zeit‹, Nr. 4, 27. Januar 1994

Prag der neunziger Jahre – ›Falter‹ 29/93

Feindbilder – Beitrag für die Akademietagung in Darmstadt am 15. Oktober 1993; abgedruckt in Frankfurter Rundschau, 23. Oktober 1993

Alle Texte überarbeitet